Kirschbuch Verlag

Zum Buch:

Eigentlich läuft alles bestens für Maike: Mit Arne hat sie einen sexy Sportler an Land gezogen, der sogar mit ihr in den Urlaub fahren will – leider in den Schwarzwald, wo er Haus und Oma hüten muss. Maike verzichtet auf kühle Cocktails am Strand und hofft auf romantische Picknicks auf grünen Wiesen. Doch bereits am zweiten Tag wird sie neben einem Zettel wach: Arne ist sich seiner Gefühle nicht mehr sicher und deswegen aufgebrochen, um über die Beziehung nachzudenken. Und damit nicht genug: Maike erfährt schnell, dass Arne sich jedes Jahr eine neue Freundin sucht, um diese als „Oma-Sitterin" alleine bei der alten Dame zurück zu lassen! Aber da hat er sich in Maike getäuscht, denn: Rache schmeckt besser als ein Sekt-Sorbet im Sommer! Und auch Oma Martha steckt noch voller Überraschungen...

Der Auftakt eines aberwitzigen Roadtrips quer über Frankreichs Autobahnen, in dem Verfolgungsjagden und emotionale Berg- und Talfahrten weder eine Frage des Alters noch des Geschlechts sind.

Zur Autorin:

Birgit Schlieper ist Journalistin und Buchautorin im Bereich Frauen-, Jugend- und Kinderliteratur. Sie wohnt in Zürich, ist verheiratet und hat zwei Kinder. Mit ihrem Roman „Maike, Martha und die Männer" ist Birgit Schlieper Gewinnerin des „Bestseller von morgen"-Schreibwettbewerbs des Kirschbuch Verlags und der QualiFiction GmbH anlässlich der Frankfurter Buchmesse 2019.

Birgit Schlieper

Maike, Martha und die Männer

Roman

Kirschbuch Verlag

FSC
www.fsc.org
MIX
Papier aus verantwortungsvollen Quellen
Paper from responsible sources
FSC® C105338

Erstauflage
veröffentlicht im Kirschbuch Verlag,
ein Imprint der QualiFiction GmbH
Hamburg, März 2020

Umschlaggestaltung: QualiFiction GmbH
Satz: QualiFiction GmbH
ISBN 9783948736002
Herstellung: BoD-Books on Demand, Norderstedt

Paris is always a good idea.
Audrey Hepburn

Schwarzwald?«

Ich wiederhole das Wort ganz vorsichtig. Offenbar habe ich mich verhört. Wahrscheinlich hat Arne »Schwarzmeer« gesagt. Wo war das gleich? Südlich auf jeden Fall. Ist das Schwarze Meer das mit dem hohen Salzgehalt, auf dem man stundenlang herumdümpeln kann? Oder ist das das Rote Meer? Oder doch das Tote Meer?

»Genau. Schwarzwald. Es wird herrlich.«

Er lehnt sich zurück, streckt sich und entblößt oberhalb des Jeansbunds einen braunen Streifen Haut mit kleinen blonden Haaren.

Ich lehne mich nach vorne und rühre in meinem Chai Latte. Vor meinem geistigen Auge lösen sich die Bilder von Strand und Sonnenuntergängen langsam auf. Plötzlich stehen da kauende Kühe auf sattem Grün. Ich hatte mir im Internet schon so süße Bikinis angesehen und Sandalen mit bunten Steinen. Muss ich mir jetzt eine Tracht oder so etwas zulegen?

»Süße, ich weiß, dass das total langweilig und spießig klingt. Aber lass dich überraschen. Es ist einfach wunderschön da. Die Berge, die Seen, die Luft. Du wirst es lieben.«

Ich gucke ihn an und versuche ihm zu glauben.

Ich liebe das Meer und Nächte, die nicht kälter als 15 Grad werden. Ich liebe trockene Luft, die immer ein bisschen nach Sonnencreme riecht. Ich mag es, wenn ich weit gucken kann und sich kein Berg in den Weg stellt. Ich mag es, über warmen Sand zu laufen. Leider muss ich gestehen: Ich fliege gerne. Trinke sogar den halbtrockenen Sekt im Flugzeug.

Vielleicht liebe ich den Schwarzwald auch. Aber mir würde es reichen, wenn ich diese Liebe erst in 40 oder 50 Jahren entdecke. Schwarzwald klingt für mich nicht nach Urlaub, sondern nach Kur.

»In den Süden können wir auch noch über Weihnachten fliegen, wenn es hier so richtig grau und trüb ist. Dann aalen wir uns irgendwo am Strand und feiern ins neue Jahr. Wenn Du willst, können wir auch so richtig hübsch knallen«, höre ich Arne sagen. Seine Augen grinsen mich dabei an.

Das klingt doch schon viel besser. Ich nehme einen Schluck von meinem schwindelig gerührten Chai Latte. Und plötzlich wird es mir klar: Er will mich seinen Eltern vorstellen. Deswegen soll ich auf die Alm. Meine Füße werden kalt, mein Herz ganz warm. Ist das nicht ein bisschen früh? Genau genommen hat ja mein Studentenleben noch gar nicht begonnen. Das erste Semester fängt im Herbst an, ich absolviere gerade Vorbereitungskurse. Wie lange sind wir zusammen? Arne war das neulich von einem Freund gefragt worden und hatte mit »Weiß nicht genau. Ich glaube, sie hatte schon drei Mal ihre Tage« geantwortet. Das fand ich irgendwie nicht so nett. Aber ich möchte jetzt auch noch nicht die Position ‹Schwiegertochter in spe› einnehmen.

»Haben deine Eltern mich eingeladen?«, frage ich vorsichtig und so nebenbei wie möglich.

»Genau. Dich und mich. Wir haben das ganze große Haus quasi für uns alleine.«

»Sie sind also gar nicht da«, stelle ich fest.

»Nee. Die fliegen im Sommer immer nach Madeira.«

So viel zum Thema, der Schwarzwald ist im Sommer einfach herrlich. Wieso fliegen die nicht im Winter gen Süden?

»Vom Schwarzwald ist es doch nach Frankreich nicht weit, oder?«

Ich hoffe, mit meiner Einschätzung nicht völlig daneben zu liegen. Offenbar habe ich Geographie doch zu früh abgewählt.

»Nicht allzu weit. Warum?«

»Dann können wir doch auch mal für ein paar Tage nach Frankreich. Wozu hatte ich seinerzeit auf der Schule Leistungskurs Französisch? Dann kannst du in den Genuss meiner enormen Formulierungskunst kommen«, grinse ich.

Ich denke an kleine Cafés, an kleine Boutiquen, französisches Flair in der Luft, an l'amour.

»Klingt verlockend. Allerdings wird daraus nichts. Ich habe meinen Eltern versprochen, dass wir uns auch ein bisschen um Oma Martha kümmern.«

»Wie bitte?«

Ich fange wieder an, in meinem Glas zu rühren. Dieses Mal mit der linken Hand. Ich habe mal gelesen, dass man damit die eher unterdrückte Gehirnhälfte aktivieren kann. Das gilt natürlich nur für Rechtshänder. Ich muss jetzt ganz dringend meine andere Gehirnhälfte in Schwung bringen und zwar die, die für die Ratio verantwortlich ist. Manchmal esse ich deswegen auch mit der linken Hand Suppe oder putze mir mit links die Zähne. Ganz interessante Erfahrungen kann man damit auch auf der Toilette machen.

Arne tut so, als hätte er mich nicht gehört und gibt der Kellnerin ein Zeichen. Ich muss wohl ein bisschen lauter werden.

»Wie bitte? Was soll das heißen, dass wir uns ein bisschen um Oma Martha kümmern? Müssen wir sie im Rollstuhl rumschieben oder reicht es, wenn wir mal auf einen Plausch in ihr überhitztes Wohnzimmer kommen?«

»Habe ich dir noch nie von ihr erzählt? Das ist die Mutter meines Vaters, die bei meinen Eltern lebt. Die können halt nur in den Urlaub fahren, wenn ich mich ein bisschen um sie kümmere. Aber mach dir darüber keine Gedanken. Oma ist steinalt. Über 80 bestimmt schon. Entweder die schläft oder sie döst vorm Fernseher oder auf der Terrasse. Die stört uns mit Sicherheit nicht. Möchtest du auch noch was?«

Die Kellnerin hat sich erbarmt und steht vor unserem Tisch. Sieht es komisch aus, wenn ich jetzt einen Schnaps bestelle? Wahrscheinlich ja. Dabei könnte ich wirklich einen gebrauchen.

Ich schüttle nur stumm den Kopf. Diese Nachrichten muss ich erst mal trocken verarbeiten.

»Du fährst mit Arne in ein verschlafenes Kuhdorf, um dich da um seine senile Großmutter zu kümmern?«

Lisa sitzt im Schneidersitz auf meinem Sofa und starrt mich mit offenem Mund an.

»Du tust so, als wollte ich mit ihm in die Ukraine, um da Kriegsgräber zu pflegen.«

»So ganz groß ist der Unterschied ja nicht, oder?«

»Immerhin lebt Arnes Oma noch.«

»Nachdem du zwei Wochen für sie gekocht hast, wahrscheinlich nicht mehr. So wirst du dich in der Familie nicht sehr beliebt machen«, lacht sie.

»Ich muss für die Frau nicht kochen«, behaupte ich und bin mir gar nicht so sicher. Sie wird wohl kaum 23 Stunden dösend im Halbschlaf verbringen und dann plötzlich aufstehen, sich ein frisches Gemüsesüppchen zusammenschnippeln, um sich dann an den Esstisch zu setzen, oder? Ich muss unbedingt Arne danach fragen. Natürlich würde ich ihm am liebsten sofort eine Whatsapp schreiben, aber das bringt nichts. Arne ist ein Whatsapp-Autist. Meist antwortet er Stunden später und nur mit kryptischen Abkürzungen. Lisa hat sich inzwischen aufs Bett gelegt und kichert. »Ich stelle mir gerade vor, wie ihr drei da abends im Wohnzimmer sitzt und euch einen Rosamunde-Pilcher-Film reinzieht. Oder gab es nicht mal eine Serie über eine Schwarzwaldklinik? Die hat Oma bestimmt auf VHS.«

Ich werfe ein Kissen nach Lisa.

Doch sie hört nicht auf. »Vielleicht könnt ihr ja später alleine noch ein paar Doktorspiele machen. Aber immer schön leise sein«, prustet sie. »Zumindest so lange, bis Oma das Hörgerät abgestellt hat«.

Lisa darf das. Sie ist meine beste Freundin – seit der achten Klasse schon. Damals hatten wir zusammen einen absoluten Lachflash bekommen und zwar bei dem Satz »Je vais chercher la soupe«. Das sollte heißen »Ich gehe die Suppe holen«. Aber genau genommen heißt es »Ich gehe die Suppe suchen«. Ich hatte mir vorgestellt, wie ich mittags nach Hause komme und meine Mutter vom Tisch aufsteht und sagt:

»Na, dann gehe ich jetzt mal die Suppe suchen. Wo habe ich sie nur heute wieder versteckt?« Mit Lisa verbinden mich einfach so viele erste Male. Auf einer Party bei ihr habe ich den ersten Zungenkuss bekommen. Sie hat mir die Haare aus dem Gesicht gehalten, als ich (auf derselben Party) später einen längeren Besuch auf dem WC einlegen musste. Sie hat zehn Minuten nachdem ES passiert war, erfahren, dass ich keine Jungfrau mehr bin. Sie hat mich nach der ersten erfolglosen Führerscheinprüfung getröstet. Lisa hat bei der Beerdigung meines Opas meine Hand gehalten. Es war die erste Beerdigung überhaupt für mich. Lisa und ich haben uns mit 17 Jahren die Haare blauschwarz gefärbt und sahen eindeutig drogenkrank aus. Damals fanden wir, dass wir geheimnisvoll und tiefgründig wirkten. Und Lisa weiß als einziger Mensch auf der ganzen Welt, dass ich mal für Mats Hummels geschwärmt habe.

Ich denke sehnsüchtig an den letzten Sommerurlaub zurück. Lisa und ich hatten ein kleines Hausboot in Amsterdam gemietet. Der ganze Urlaub war ein einziges Schaukeln. So schön.

Lisa wirft das Kissen zurück und guckt mich direkt an.

»Du bist schon ziemlich verknallt in Arne, oder?«

Ich nicke nur und in meinem Bauch kribbelt es.

Geomorphologisch wird vor allem zwischen der Ostabdachung mit weiten Hochplateaus und dem intensiv zertalten Abbruch zum Oberrheingraben hin unterschieden. Die Täler sind meist eng, oft schluchtartig, seltener beckenförmig.«

Drei Mal habe ich die Sätze schon gelesen und frage mich, was wohl ein zertalter Abbruch ist und ob ich in engen Schluchten nicht binnen kürzester Zeit in Depressionen verfallen werde. Unter die Frage »Was wird Oma essen?« schreibe ich: »Wo genau findet unser Urlaub statt? Auf einem sonnigen Plateau oder in einem finsteren Tal, wo niemals die Sonne scheint?«

Meine Mutter kommt aus dem Lachen nicht mehr raus. Ich muss das Telefon ein paar Zentimeter von meinem Ohr weghalten, um mein Trommelfell zu schonen. Ich zähle bis 67, dann endlich macht meine Mutter eine kleine Pause. Ich versuche einfach mal ein anderes Thema anzuschneiden und frage freundlich, wie es Papa denn geht. Sie ignoriert es.

»Kannst du dich noch an Österreich erinnern?«, japst sie.

»Du hast erst beim Kindersorgentelefon angerufen und dich über diese ewigen Wanderungen beschwert. Dann hast du dich mit einem roten Edding angemalt und behauptet, du hättest eine ansteckende Krankheit. Du hast das Fieberthermometer in fast kochendes Wasser gehalten.«

»Mama, damals war ich zehn oder so.«

»Du wolltest sogar in den Hungerstreik treten und hast, glaube ich, sogar wirklich eine ganze Mahlzeit ausgelassen«, kichert sie weiter.

»Ist bei euch auch das Wetter so schlecht?«, versuche ich nochmals matt das Thema zu wechseln.

»Dieser Arne muss ja wirklich ein Wahnsinns-Typ sein, dass er dich in die deutsche Bergwelt bekommt. Ich bin schon total gespannt, ihn kennenzulernen.«

»Klar, den nächsten Urlaub machen wir dann bei euch. Stellt doch schon mal eine Liege in meinem alten Zimmer auf«, gifte ich erst zurück und fange mich dann wieder: »Ich finde es gar nicht so verkehrt, das eigene Bruttoinlandsprodukt zu stärken. Urlaub im eigenen Land ist total in – allein schon wegen des Klimawandels. Kann ja sein, dass dich das nicht mehr interessiert, aber ich sorge mich um das Klima und den Erhalt der Natur.«

»Schön, dass du sogar in den Ferien patriotisch und ökonomisch denkst. Darfst du denn mit in Arnes Kinderzimmer schlafen oder musst du ins Gästezimmer? Ich könnte mir vorstellen, dass die liebe Omi erzkatholisch ist und es nicht dulden kann, wenn unter ihrem Dach vorehelicher Geschlechtsverkehr vollzogen wird.«

Mir bleibt kurz der Atem weg, ich werde aber von meiner Mutter abgelenkt, die mir weiterhin mitteilt, dass nächste Woche bei Tchibo Wandern die Themenwelt sei und mich fragt, ob sie mir eine Komplett-Ausstattung kaufen solle. Ich lehne dankend ab und notiere die Frage »Wo schlafe ich? Hast du alte Poster von zweitklassigen Fußballclubs oder Bravo-Starschnitte in deinem Zimmer hängen?« auf meiner Liste.

Exakt eine Stunde nach dem Telefonat mit meiner Mutter meldet sich Merle.

»Ich habe gehört, dass du verreist. Kann ich in der Zeit in deine Studentenbude kommen? Hier ist die Situation gerade etwas angespannt. Ich muss mich mal irgendwie aus der Schusslinie bringen. Ein bisschen räumliche Distanz zwischen Mama, Papa und mir wäre da bestimmt sehr hilfreich.«

»Die Situation zwischen Mama, Papa und dir ist seit Jahren angespannt. Da helfen dir zwei Wochen Köln nicht weiter«, erkläre ich meiner großen Schwester.

»Immerhin bist du nicht ganz unschuldig an der Stimmung. Seitdem du weg bist, stürzen die sich mit ihren ganzen verspäteten Erziehungsversuchen auf mich. Das ist nicht auszuhalten.«

»Du tust so, als hätte ich dich mit einem Rudel hungriger Wölfe in Sibirien zurückgelassen. Kleiner Tipp: Du kannst auch ausziehen. Du überlegst dir einfach endlich, was du wirklich studieren willst, mietest dir auch ein hübsches kleines Studentenzimmer und schon haben sich 80 Prozent deiner Probleme erledigt.«

»Fängst du jetzt auch an? Ich will nicht studieren. Das habe ich versucht. Das ist nichts für mich. Im Herbst machen wir eine kleine Tour. Und wenn wir erstmal die erste CD auf dem Markt haben, werden Mama und Papa sich auch entspannen. Bis dahin muss ich durchhalten.«

Aus dem Hintergrund höre ich meine Mutter mit einem wütenden »Merle, warst du das?«.

»Was hast du gemacht?«, frage ich neugierig.

»Ich habe unsere Mülltonnen angemalt. Dieses Grau hat mich ganz melancholisch gemacht. Ich hatte nur noch ganz düstere Gedanken, wenn ich die gesehen habe. Offenbar gefällt es Mama nicht«, stöhnt sie.

»Dann noch einen schönen Abend«, wünsche ich ihr.

Keine Frage: Ich liebe meine Schwester. Aber auf Dauer ist sie mir einfach zu lebendig. Sie ist eine einzige Wundertüte. Jeder, der sich einsam und verlassen fühlt, sollte zwei Tage mit meiner Schwester verbringen und wird feststellen, dass alleine zu sein gar nicht so schlimm ist. Merle ist wie der weibliche Julien Bam auf Ecstasy. Sie macht immer drei Sachen gleichzeitig, zieht sich viermal am Tag um und redet ununterbrochen. Parallel postet sie alles, was sie denkt und meint, auf Instagram und Facebook. Hauptberuflich ist sie Sängerin bei der Kinderband mit dem Namen ‹Bandsalat›. Zusammen mit einem zerzauselten Keyboarder und einer Schlagzeugerin, für die die Bezeichnung ‹Kampflesbe› erfunden wurde, macht sie echt gute Kinderrockmusik. Eine Mischung aus Rolf Zuckowski und Metallica. Eigentlich ist das nur ein Hobby. Aber da sie beruflich gerade gar nichts macht, gibt sie das als Beruf an. Zwei Mal schon hat Merle ein Studium begonnen. Weil sie Kinder nun mal so mag, hatte sie es mit Grundschulpädagogik probiert. Es war mir klar, dass sie zwischen diesen anderen Primarmäusen vor Langeweile stirbt. Dann hatte sie sich auf Sozialpädagogik gestürzt. Nach vier Wochen hatte sie behauptet, eine akute Allergie gegen Strickpullover, Jutesäcke, Selbstgebatiktem und Filzbroschen zu haben. Um sich von dem Schock zu erholen, hatte sie für ein Jahr als Au-pair-Mädchen gearbeitet. In Finnland. Seitdem ist sie sehr trinkfest, kann Holz hacken und auf Finnisch fluchen. Das bringt einen beruflich in Deutschland nur eben auch nicht weiter. Ich bin ein bisschen zielstrebiger als sie. Die Tinte auf meinem Abizeugnis war noch nicht ganz trocken, da habe ich mich ins Studentenleben gestürzt. Ein kleines Appartement in einem renovierungsbedürftigen Wohnheim angemietet, das dadurch bezahlbar war, und sämtliche Vorbereitungskurse in Sachen Kommunikationswissenschaften gebucht, die in den Semesterferien angeboten werden.

Lisa kommt mit einem dicken Grinsen und einem Reisekatalog ins Café. »Seite 17«, sagt sie nur. Ich schlage die Seite auf und lese, wie entspannend Urlaub auf Korfu sein kann. Sehe Strand, Pool, glückliche und braungebrannte Menschen mit bunten Drinks in der Hand. Ich lese, dass man bei untergehender Sonne Aerobic am Strand machen kann oder mit den Mountainbikes die Gegend erkunden. Ich lese von Märkten, kleinen Orten, heimischen Delikatessen. *Das* wollte ich.

»Klar, gegen den Schwarzwald kann Korfu natürlich nicht anstinken. Aber irgendwo muss ich mich ja auch erholen. Hat ja nicht jeder das Glück, einen Lover mit Anwesen im siebten Himmel zu haben«, erklärt sie mir lachend.

»Hast du jetzt echt gebucht?«, staune ich.

»Soll ich im verwaisten Köln bleiben? Habe echt ein Schnäppchen gefunden. Kleines Hotel in Strandnähe mit Pilates und Zumba im Sand.«

»Können wir bitte das Thema wechseln«, stöhne ich nur und schließe ihren Katalog.

Und andere Themen haben Lisa und ich eigentlich ständig.

☹ Warum gibt es plötzlich fast nur noch Langarmshirts mit Dreiviertel-Arm?

☹ Warum trägt man öffentlich Leggings?

☹ Steht die Größe eines Tattoos im umgekehrten Verhältnis zur Intelligenz eines Mannes?

☹ Wie wird man wohl Influencer?

☹ Würden Katzen Menschenvideos gucken?

Auf dem Weg in mein Wohnheim frage ich mich, ob es wohl irgendeine Möglichkeit gibt, die grünen Bergwiesen Süddeutschlands gegen Korfus lange Sandstrände einzutauschen. Wenn ich Arne jetzt absage, sieht das doch total oberflächlich aus. Als wollte ich nur schnellen Spaß und würde sofort kneifen, wenn ich mal einen Hauch an Verantwortung übernehmen soll. Ganz hinten links in meinem Kopf weiß ich, dass das auch stimmt. Nicht das mit dem schnellen Spaß, aber das mit der Verantwortung. Ich fühle mich oft genug schon mit der Verantwortung für mein eigenes Leben überfordert. Aber immerhin bemühe ich mich, dass das niemand merkt. Anstrengend genug. Ich fand es gar nicht so schlecht in der Schule. Da hatte ich einen festen Stundenplan und bekam mittags eine warme Mahlzeit. Jetzt muss ich mir meinen Stundenplan selber zusammenpuzzeln und entscheiden, ob ich noch Fleisch esse. Ob ich mein Gemüse in Plastik abwiege. Ob ich noch Klamotten trage, die in Bangladesch gefertigt wurden. Wie oft ich bei einer Vorlesung, die montags um 8 Uhr beginnt, wohl fehlen darf. Ob ich zum Lach-Yoga gehe oder zur Achtsamkeits-Meditation oder doch ins Fitness-Studio. Ich hätte echt gerne eine Bedienungsanleitung für mein Leben.

Mein Vater hat ein Display in seinem Auto, da erscheint manchmal die Aufforderung ‹Pause einlegen›. So etwas in der Art.

Ich bin am Abend schon fast eingeschlafen, als mir noch eine ganz dringende Frage für meine Liste einfällt: Auch wenn Oma ihre Tage nur sitzend oder liegend in einer Art Wachkoma verbringt, kann sie doch wohl noch alleine auf Toilette gehen, oder?

Oder?

Arne lacht laut auf, als ich ihn am Morgen um sechs Uhr anrufe. Er versichert mir, dass Oma Martha eigenständig aufs WC gehe und sich auch ansonsten regelmäßig um ihre Körperhygiene kümmere. Ich sage nicht, dass einmal monatlich feucht unterm Arm herwischen auch eine gewisse Regelmäßigkeit habe. Auch auf die Frage nach meiner Schlafstätte bekomme ich eine beruhigende Antwort. Er habe schon mit 16 ein XXL-Bett bekommen, über dem keine Starschnitte von irgendwelchen Fußballern hingen. Ich frage nicht, warum er kurz nach der Pubertät schon eine Spielwiese gebraucht habe. Es ist einfach nie gut, wenn man zu viel weiß. Bei der nächsten Frage meiner Liste kommt Arne ins Stocken. Dabei habe ich nur gefragt, wie der Ort denn genau heiße, in dem ich meinen Sommerurlaub verbringe. Er hustet etwas, das nach ‹Sexau› klingt.

»Wie hieß der Ort? Ich habe original Sexau verstanden«, lache ich laut.

»So heißt der Ort auch«, sagt er ganz ruhig.

Ich nicke nur und frage mich, wie lange ich diese Information wohl vor Lisa geheim halten kann.

Ich habe immer noch ihren ungläubigen Gesichtsausdruck vor Augen, als ich ihr seinerzeit mitgeteilt habe, dass ich mit Arne zusammen sei. Sie hat mich angesehen, als hätte ich gestanden, kurz vor einer Geschlechtsumwandlung zu stehen. Ich hatte versucht, es beiläufig einfließen zu lassen. Blöderweise mitten in einer Bibliotheks-Führung. Sie hatte mich gefragt, ob ich abends mit ins Kino komme. Ich hatte geflüstert: »Kann leider nicht. Bin mit Arne verabredet. Wir sind übrigens zusammen.«

Sie hatte »MIT ARNE?« in einer Lautstärke gebrüllt, die ich nur von Punk-Konzerten kenne. Es war der Horror. Ich mag es schon nicht, wenn mir beim Geschenkeauspacken Menschen zugucken. Das ist mir zu viel Mittelpunkt. Den zweiten Teil der Führung habe ich ausgelassen.

Dabei konnte ich Lisa verstehen. Eigentlich bin ich selber immer noch ein bisschen ungläubig. Ich verstehe nicht wirklich, was Arne an mir findet. Ich will ihn auch nicht fragen. Hinterher fällt ihm auf, dass er das auch nicht weiß. Irgendwann wird er von alleine herausfinden, dass ich für ihn zu durchschnittlich bin. Bis dahin warte ich einfach und mache mir eine gute Zeit. Irgendwo habe ich mal gelesen, dass Menschen sich immer einen Partner mit gleichem Attraktivitätslevel aussuchen. Arne hat das wohl nicht gelesen. Ich bin jetzt nicht hässlich wie die Nacht. Aber Arne sieht schon ein bisschen zu gut für mich aus. Er studiert nicht nur Sport. Er ist der Sportler schlechthin, spielt Basketball, liebt Kite-Surfen, Ski fahren und Squash. Und so sieht er auch aus. Ich bewege mich auch ganz gerne. Aber nicht so schnell. Ich bin wohl eher der Typ ‹autogenes Training›. Und Denksport finde ich gut. Und Tanzen. Da kann es nicht schnell und wild genug sein. Wenn Lisa und ich in die Disco oder in den Club gehen, stürmen wir sofort die Tanzfläche und sind nach zehn Minuten völlig verschwitzt. Ich verstehe nicht, wie man in eine Disco gehen und den ganzen Abend auf einem Hocker kleben kann. Wie langweilig. Lisa ist dabei absolut im Vorteil. Sie kann mit ihren langen blonden Haaren herumwirbeln. Ja, ich habe dafür Locken. Aber keine, die fluffig fallen. Eher so Locken, die in die Höhe wachsen. Wenn ich nicht rechtzeitig zum Friseur gehe, sehe ich aus wie Struwwelpetra. Dafür kann ich die ganz gut mit Tüchern bändigen. Ich finde, das hat ein bisschen was wildes und ungezähmtes. Das gefällt mir.

Arne und ich haben uns auf einer Party kennen gelernt. Ich liebe Partys. Ich bin immer die, die nachts um drei in der Küche steht und einfach nicht nach Hause will. Ich liebe auch Nudelsalat mit Mayonnaise und tanze sogar zu 80er Jahre Deutschrock. Und ich liebe den Morgen danach. Ich habe mit Lisa beim Frühstück manchmal schon länger über die Party gequatscht, als die im Original gedauert hat. Der Morgen nach der Arne-Kennenlern-Party war etwas anders. Gegen halb drei in der Nacht stellte sich genau in der Partyküche heraus, dass er offenbar keine Schlammbowle verträgt. Kurz: Er war sternhagelvoll. Weil die Party bei mir um die Ecke war und alle Schlafplätze in der WG schon vergeben waren, habe ich ihn damals untergehakt und zu mir nach Hause dirigiert. Das mag auf den ersten Blick nach Abschleppen ausgesehen haben, war aber wirklich nur ein Akt der Nächstenliebe. Im Ernst: Arne war einfach eine Nummer zu groß für mich. Im wahrsten

Sinne. Ich war nass geschwitzt, als ich ihn endlich in meinem kleinen Appartement hatte. Vor der Couch musste ich ihm nur einen kurzen Stupser versetzen und schon lag er schnarchend danieder. Was Arne bis heute nicht weiß: Ich habe in der Nacht Fotos von ihm gemacht. Habe sogar vorher seinen offenen Mund geschlossen und den Sabber abgewischt. Ich dachte, wenn man schon mal so ein Prachtexemplar an Land und aufs Sofa gezogen hat, kann man das auch für die Nachwelt festhalten.

Am nächsten Morgen, eigentlich gegen Mittag, ist Arne aufgestanden und einfach geblieben. Ich habe Kaffee gekocht, dann Frühstück gemacht. Irgendwann später auch Mittagessen (Spaghetti mit Thunfischsauce). Am Abend haben wir nebeneinander auf dem Sofa gesessen und uns quer durch alle Sender gezappt. Ich habe mich die ganze Zeit gefragt, wann er wohl endlich wieder in sein eigenes Leben gehen wolle. Wollte er aber nicht. Am nächsten Tag hat er mich zum Eisessen eingeladen, und ich habe mich wie 14 gefühlt. Der erste Kuss schmeckte nach Stracciatella. Ich habe mittlerweile eine These, warum Arne mit mir zusammen ist:

- ☺ Ich habe ihn gemocht, als er völlig zerknautscht und mit Mundgeruch an meinem Küchentisch saß. Er hatte den Abdruck eines bestickten Kissens auf der Wange, eine Frisur, die aussah, als hätten Vögel darin gebrütet, und rote Augen. Ich fand ihn trotzdem süß.

- ☺ Ich klammere nicht. Ich brauche viel Freiheit und das gefällt ihm. Er hatte unzählige

Freundinnen, die plötzlich auch einen Segel- und/oder Surfschein gemacht haben. Die bei Basketballspielen brüllend am Spielfeldrand gesessen haben. Freundinnen, die ihn überwachten und verfolgten wie einen Sexualtäter auf Freigang.

Ich werde den Teufel tun und sportliche Ambitionen, die ich nicht besitze, vor Arne ausleben. Natürlich bin ich auch eifersüchtig. Die Vorstellung, dass er an irgendeinem Strand mit Frauen abhängt, deren Neoprenanzug noch die Form der Brustwarze erkennen lässt, besorgt mich ein bisschen. Aber ich habe auch einen sehr gesunden Verdrängungsmechanismus. Falls ich Arne irgendwann un- oder zu leicht bekleidet mit einer anderen Frau vorfinde, werde ich mir DANN dazu Gedanken machen. Vorher nicht. Wir haben ein einziges Mal gemeinsamen Sport versucht. Arne hatte mich gefragt, ob ich Lust auf eine Radtour hätte. Hatte ich. Als er klingelte, hatte ich mein Hollandrad mit Drei-Gang-Schaltung schon vor die Tür gestellt. Er stand da mit Radlerhose (iiiiih), Helm, Handschuhen und einem Rennrad. Wir hatten uns gegenseitig angesehen und gelacht. Die Tour führte dann nur zur nächsten Eisdiele. Für mich ist es kein Problem, wenn er freitags ein Spiel hat und am Wochenende auf irgendeinem See Wasserski ausprobieren will. Ich habe gerne viel Zeit für mich. Ich würde jetzt gerne behaupten, dass ich dann Hermann Hesse oder Faust 1 und 2 lese. Das stimmt leider nicht. Ich lasse mich einfach gerne durch den Tag treiben. Dann habe ich plötzlich das dringende Verlangen, ein Lied von Silly zu hören, das auf irgendeiner selbst gebrannten CD aus dem letzten Jahrhundert ist. Die muss ich dann erst finden. Oder ich bepflanze alle Blumentöpfe auf meinem Balkon neu und kaufe kurzentschlossen noch ein paar Quadratmeter Kunstrasen dazu. Oder ich habe auf dem Sperrmüll einen tollen Holzstuhl gefunden, den ich noch abbeizen will. Oder ich telefoniere und überlege dabei, ob ich nicht eine Wand meines Zimmers mit gelber Farbe und Wischtechnik aufpeppen soll. Oder ich mache Listen. Das liebe ich. Ich schreibe auf, was ich nächste Woche alles erledigen will. Wen ich zu meiner nächsten Geburtstagsparty einlade. Wem ich unbedingt mal wieder mailen will. Was ich wem zu Weihnachten schenke. Ich liebe meine Listen. Ich mache auch immer kleine Symbole davor. Und wenn ich was erledigt habe, mache ich einen Haken rein. Das sieht so strukturiert aus. Ich habe einfach keine Zeit, Arne auf den Wecker zu fallen. Ich glaube, das gefällt ihm am besten.

Ich starre auf meine neuen Schuhe. Besonders zu dem Homer-Simpson-Schlafanzug sehen die braunen Monster albern aus. Die Verkäuferin hatte gesagt, ich müsse sie auf jeden Fall einlaufen, ehe ich damit auf den Berg ginge. Ich sitze sie jetzt erstmal ein. Vielleicht hilft das ja auch schon. Dass diese Schuhe einen schlanken Fuß machen, kann man auf jeden Fall nicht behaupten. Im Gegensatz zu den Riemchen-Sandalen, die Lisa sich am Nachmittag bei unserem ultimativen Urlaubs-Einkaufsbummel gekauft hat. Eigentlich würde ich jetzt lieber ihre neuen Errungenschaften in meinem Koffer wissen. Das kurze Blümchenkleid, die ärmellose Bluse und das große Tuch, das von Strandlaken bis zu Wickelkleid alles darstellen kann. Ich bin jetzt im Besitz von kackfarbenen Wanderschuhen und einer Trekkinghose im Gegenwert von anderthalb Friseurbesuchen.

Nach Schuhen und Hose war das Limit meiner Leidens- und Zahlungsfähigkeit erreicht. Eigentlich hatte ich noch nach einer Jacke gucken wollen. Das musste ausfallen. Vielleicht wäre es gar nicht gut, wenn ich zu gut ausstaffiert war. Um nicht zu bergunerfahren zu wirken, hatte ich die schwarze Hose unten etwas mit Blumenerde eingesaut. Falls Arne der Dreck auffiele, würde ich etwas von ‹meiner letzten Trekkingtour› murmeln.

In Schlafanzug und Wanderschuhen stiefel ich in die Küche, um mir ein allerletztes Stück Schokolade für diesen Abend zu gönnen. Im Flur stehen schon meine Reisetaschen. »Dann wollen wir doch mal sehen, wo es hingeht«, sage ich zu ihnen und tue es. Bislang hatte ich es verdrängen können. Jetzt ist der Moment der Wahrheit gekommen. Ich google ‹Sexau› und stöhne auf. Selbst wenn ich das Kaff vergrößere und vergrößere – es bleiben ein paar wenige Straßen und ganz viel Grün. Immerhin hatte ich es bis jetzt geschafft, den Dorfnamen vor Lisa zu verheimlichen. Sie weiß nur, dass ich ‹Indienähevonfreiburg› reise.

Wir sind schon gut vier Stunden unterwegs, als wir kurz hinter Freiburg offenbar die Gegenwart verlassen. Ich habe vor ein paar Jahren eine Sendung gesehen, in der Menschen so tun, als würden sie vor hundert Jahren leben. Ich bin sicher, die Serie wurde genau hier gedreht. Alles ist Natur. Auch die Häuser. Bruchstein oder Holz. Dazu Grün in allen Schattierungen. Kiwigrün, Apfelgrün, Flaschengrün, Dresdner-Bank-Grün, Ampelgrün, Seekrankgrün. Und alles ist so satt. Wir passieren malmende Kühe, die uns glubschig anglotzen. Ich habe plötzlich eine Horrorvision. Wahrscheinlich hat Arne in seinem Koffer eine Lederhose und blauweißkarierte Hemden und wir werden die nächsten vierzehn Abende mit Huber-Sepp oder Oberhofer-Stefan in einer verqualmten Kneipe vor Liter-Eimern Bier sitzen und über die europäische Milchpolitik debattieren. Oder über die neueste Folge von »Bauer sucht Frau«.

»Gibt es in Sexau eigentlich ein Kino?«, frage ich unvermittelt.

»Ein was?«

Arne guckt mich kurz und verständnislos von der Seite an.

»Ein Kino. Das ist ein sehr dunkler Raum mit einer sehr großen Leinwand, auf dem Filme laufen. Es gibt Klappsitze, Popcorn und Nachos.«

Er schlägt sich leicht mit der flachen Hand vor die Stirn.

»Ach, du willst knutschen? Das können wir auch zu Hause. Wenn Oma schläft. Du musst nur leise sein.«

Ich lache kurz und hoffe, dass das wirklich ein Witz war.

Mein Herz legt einen Schlag zu, als wir das Ortseingangsschild passieren. Wer weiß, vielleicht wird ja doch alles gut. Vielleicht gibt es einen großen verwunschenen Garten, in dem wir in der Sonne liegen können. Oder einen alten Heuschober. Könnte ja ganz romantisch sein. Wir passieren das Ortsausgangsschild von Sexau. Ich gucke Arne fragend an.

»Wir wohnen nicht direkt im Ort, sondern etwas außerhalb«, sagt er sachlich.

Kann man außerhalb von Nichts wohnen?

Wir biegen links ab, die Straße wird schlecht. Mir auch. Ich überlege, ob ich nicht eine akute Magen-Darm-Erkrankung vortäuschen soll. Dann müsste ich sofort nach Hause fahren. Hinterher stecke ich Omi noch an und man weiß ja, wie gefährlich das für alte Leute sein kann. Die trocknen ja quasi innerhalb von Stunden aus. Ich möchte doch nicht die Frau sein, die den tödlichen Virus eingeschleppt hat, oder? Ich bin kurz davor, leichte Würgegeräusche von mir zu geben, als Arne äußerst schwungvoll rechts abbiegt und den Motor ausmacht.

»Wir sind da«, sagt er überflüssigerweise.

Ich vergesse glatt zu würgen.

Wir stehen vor einem alten Haus, das noch nicht mal alt genug ist, um als historisch durchzugehen. Alte Häuser wirken gerne mal charmant. Das hier wirkt neurotisch. Die neuen weißen Fensterrahmen und die Satelliten-Schüssel auf dem Dach wollen nicht zu den dunklen Bruchsteinen passen. Neben der alten Holzhaustür blinkt ein futuristischer Metallbriefkasten. Eigentlich finde ich, dass man alt und neu gut kombinieren kann. Dem Haus hier ist es nicht bekommen. Es sieht wie eine alte schlecht geschminkte Frau aus. Es schmollt. Im Garten entdecke ich noch etwas Altes. Ein kleines Wesen mit riesigem Schlapphut hockt in einem Beet und jätet offenbar Unkraut. Der Garten ist leider nicht romantisch verwildert und lockt zum

Picknick. Alles ist akkurat, fast penibel. Arne hat die gärtnernde Gestalt auch entdeckt und sagt: »Hallo, Oma. Wir sind da.«

Ich lehne mich gegen das Auto.

Das ist sie also.

Das Wesen hat sich mittlerweile zur vollen Größe von 1,50 Meter aufgerichtet und wird von Arne umarmt. Das soll also die arme alte Frau sein, die ihre Tage und Nächte dösend wahlweise im Sessel oder im Bett verbringt? Dass sie in ihren kurzen Wachphasen über ungeahnte Kräfte verfügt und sich mal eben in die Gartenarbeit stürzt, hatte Arne irgendwie nicht erwähnt. Erfreut stelle ich fest, dass ich mich von Horrorvisionen, in denen Seniorenwindeln und püriertes Essen die Hauptrollen spielen, verabschieden kann. Ich schicke Lisa schnell eine SMS mit »Viele Grüße aus dem Mittelalter«, stoße mich vom Auto ab und gehe auf Oma zu.

»Das ist Maike«, stellt Arne mich vor. »Meine neue Freundin.«

Ich finde die Betonung auf ‹neu› unnötig.

»Das habe ich mir gedacht«, antwortet Oma und gibt mir einen festen Händedruck.

»Willkommen im Schwarzwald. Ich könnte mir vorstellen, dass das hier nicht gerade Ihr Lieblingsziel für die Ferien war. Aber glauben Sie mir, es kann hier auch ganz spannend sein.«

Ich lächle höflich und frage mich, was die alte Dame wohl unter ‹spannend› versteht.

Als Oma die Harke in einen Schuppen bringt, wende ich mich vorsichtig meinem Liebsten zu.

»Deiner Oma scheint es ja wieder sehr gut zu gehen.«

»Super, was? Hat meine Mutter mir gar nichts von erzählt«, grinst er.

»Ja, es ist schon erstaunlich, welche Kraft man schöpfen kann, während man dösend vor dem Fernseher dahinvegetiert«, lächle ich ihn süß an. Es kann mir doch niemand erzählen, dass diese Frau noch vor wenigen Tagen siechend und sabbernd ihre Zeit verbracht hat.

»Willst du mir jetzt vorwerfen, dass meine Oma nicht so krank ist, wie du gedacht hast?«

»Nein. Es fällt mir nur schwer zu glauben, dass sie einfach so die karierte Decke von ihren wässrigen Knien geschüttelt hat, um mit den Worten ‹Wie sieht denn der Garten aus!› zurück ins Leben zu schreiten. Außer natürlich, sie ist Testperson in einem Feldversuch für äußerst vitaminreiche Astronautennahrung.«

Arne guckt mich beleidigt an.

»Ich mag es nicht, wenn du so zynisch bist.«

Er klingt ein bisschen wie mein Vater, wenn der sagt: »Ich finde es nicht schön, wenn junge Mädchen halbnackt durch die Gegend rennen.« Anlass für diese Bemerkung war ein Shirt gewesen, das wenige Millimeter oberhalb des Gürtels geendet hatte.

Ich folge einem leicht eingeschnappten Arne hoch in sein Zimmer. Das Erste, was ich registriere, sind zwei Bettdecken auf der Matratze. Das stimmt mich schon mal milde. Dann sehe ich, dass es sich um Biber-Bettwäsche handelt. Ich wusste gar nicht, dass es die außerhalb des Schlafzimmers meiner eigenen Oma noch gibt. Ansonsten fühle ich mich wie in einem historischen Ikea-Katalog. Sämtliche Möbel sind aus

Pressholz, wirken stapelbar und lustig bunt. Hallo Smörge, Inken und Lasse.

Arne lässt mich alleine mit den Worten »Ich mache mich erstmal frisch«. Ich weiß, dass ich jetzt Zeit habe. Viel Zeit. Ich weiß nicht, wie und was genau Arne immer frisch macht. Ich weiß nur, dass es sehr lange dauert und er danach immer genau so aussieht wie vorher, nur einen Hauch besser riecht. Aber kann ein Mann 30 Minuten brauchen, um sich mit einem Duft einzusprühen? Offenbar ja. Ich mache schnell ein Foto von den beiden Bettdecken und schicke es Lisa mit den Worten »Von wegen Gästezimmer.« Ich hoffe, dass man auf dem Foto nicht erkennt, dass es sich um Biber handelt. Über dem Bett sind jede Menge Einstichpunkte in der Raufasertapete. Ich würde zu gerne wissen, was für peinliche Poster hier früher an der Wand hingen. Sportler? Sportlerinnen?? Neben dem Fenster hängt ein Setzkasten mit Schlümpfen. Wieso durften die überleben, aber die Poster nicht? Hängt Arne etwa an denen?

Arne kommt erstaunlich schnell zurück und duftet einen Hauch mehr nach seinem bevorzugten Tennisspieler als vorher.

»Willst du auch kurz ins Bad?«

Natürlich will ich das. Allein schon, um es zu inspizieren.

Das Badezimmer tut mir leid. Es ist soo kurz vor ‹Retro-Look› gescheitert. Die grünen Fliesen sind einen Hauch zu pastellig, um als cool durchzugehen. Auch die springenden Fische, die auf manchen Kacheln prangen, können es nicht rausreißen. Ich pinkle kurz, wasche mir die Hände und hocke mich auf den Badewannenrand, um Zeit zu schinden. Mache ich zu

Hause auch so. Wenn ich zu schnell fertig bin, wirke ich doch unhygienisch oder so. In den vergangenen Monaten sind da bestimmt schon Stunden zusammengekommen. Ich lasse meinen Blick schweifen. Von der Trockenblume auf der Fensterbank über die kleinen Gästehandtücher bis zu dem winzigen Mülleimer mit Schwingdeckel (in mint). Die Duschkabinentür ist entweder aus Milchglas oder das Wasser ist hier sehr kalkhaltig. Die Vorleger an WC und Dusche sehen aus, als würden sie jeden Augenblick von ihren kleinen Bewohnern geschultert und Richtung Waschmaschine getragen werden. Ehe ich anfange, mich richtig zu ekeln, gehe ich zurück in Arnes Jugendzimmer. Ich nehme mir vor, mal ein bisschen an der Stimmung zu arbeiten.

»Tut mir leid, wenn das gerade komisch klang. Ich freue mich natürlich, dass deine Oma so fit ist. Ich war halt nur überrascht. Und ehrlich gesagt: Sie wirkt gar nicht so, als bräuchte sie einen Babysitter.«

»Natürlich braucht sie keinen Babysitter. Aber wenn meine Eltern einmal im Jahr in den Urlaub fahren wollen, ist es wohl nicht zu viel verlangt, wenn ich mich dann um das Haus und Oma kümmere. Schließlich finanzieren sie mir auch mein Studium. Und dass Köln nicht gerade billig ist, brauche ich dir wohl nicht zu erzählen.«

Plötzlich habe ich das Gefühl, dass Arne nicht so freudig-freiwillig hier ist, wie ich dachte. Ich frage mich, welche Rolle ich in diesem Ferientheater spiele. Köchin? Oma-Animateurin? Die Frau für gewisse Stunden? Und was ist mit den ungewissen Stunden?

Ich sehe es vor mir: Arne wird jeden Tag Säcke von Laub, Astschnitt und Unkraut zur Mülldeponie fahren. Dann wird Oma vielleicht noch auf die Idee kommen, den Dachboden oder den Keller auszumisten, weil sie sonst nicht dazu kommt, wenn Arnes Eltern da sind, weil die sie dauernd in den Sessel am Kamin nötigen. In den Abendstunden wird Martha wahrscheinlich noch mal kurz in den Hof gehen, um Holz für eben den Kamin zu hacken, welches Arne dann aufschichten muss. Vielleicht macht er das wenigstens mit nacktem Oberkörper.

»Meine Eltern unterstützen mich, weil sie mich lieben, und ich bin hier, weil ich es hier liebe«, platzt Arne pathetisch in meine Überlegungen.

»Gut«, antworte ich und bin mir nicht sicher, ob ich das so meine.

Wir finden Oma im Garten, wo sie auf eine Harke gestützt telefoniert. Sie winkt, als sie Arne sieht und drückt ihm die Harke in die Hand. Er nimmt sie sofort und harkt weiter. So geht das also. Ich muss das demnächst auch mal probieren. Einfach telefonieren, wenn er kommt und ihm die Klobürste oder einen Spüllappen in die Hand drücken.

Ich sage jetzt nicht, wer am Montag nach dem Wochenende aufräumt, spült, die Flaschen weg (oder zumindest in den Keller) bringt und einfach alle Wäsche, die da in meinem Appartement herum liegt, in die Waschmaschine stopft. Bis jetzt habe ich das nie thematisiert, weil das so kleinkariert wirkt. Nerven tut es trotzdem. Während Oma telefoniert und Arne harkt, stehe ich nutzlos herum. Plötzlich winkt Oma mir zu. Sie hält den Telefonhörer kurz weg und zeigt Richtung Terrasse.

»Da stehen Johannisbeeren«, sagt sie.

»Super. Mag ich total gerne«, antworte ich und wende mich Richtung Arne. Natürlich habe ich gesehen, dass da nicht nur die Beeren in einer Schüssel liegen. Ich habe auch die Gabel gesehen und ahne, dass Oma möchte, dass ich brav die Beeren mit der Gabel abzuppele. No way.

»Ich vertrete mir mal ein bisschen die Beine. Die Fahrt war doch echt lang«, sage ich und bin auch schon weg. Ich gehe Richtung Nichts, das ist direkt um die Ecke. Nach einem kurzen Weg durch einen Wald bin ich an einer großen Weide. Eine Wiese ohne Zaun schließt sich an. Ich lasse mich ins Grün fallen und stelle mir keine Fragen, die leicht zu beantworten wären. Fragen wie: Wäre ich jetzt lieber mit Lisa am Strand? Hatte ich mir den Urlaub so vorgestellt? Möchte ich Arne gerne lautstark zur Rede stellen?

Das wäre zu profan. Die Antworten sind zu einfach.

Ich stelle mir auch nicht die Frage, wie ich hierhin gekommen bin. Die Antwort: »Weil ich mal wieder zu naiv, zu nett war« ist einfach zu unschmeichelhaft.

Ich frage mich: Und jetzt?

Ich könnte Arne jetzt mitteilen, dass ich keine Frau bin, die in kratziger Bettwäsche mit Blick auf eine Schlumpfsammlung im Setzkasten schläft und im Beisein von springenden Fischen in mint duschen möchte. Dann würde ich mir ein Taxi rufen und davonrauschen. Dagegen spricht, dass ich gar nicht weiß, wo genau ich gerade wohne, was das Bestellen eines Taxis eindeutig erschwert. War das Steinweg? Steingasse? Zu den Steinen? Dagegen spricht auch, dass ich mich damit von Arne trennen würde. Das hieße:

☹ keinen Sex mehr

- ☹ langweilige, deprimierende Sonntage, an denen ich mir immer einbilde, dass ALLE ANDEREN gerade glücklich sind. (Natürlich verbringe ich zur Zeit auch einige Sonntage allein, weil Arne gerade wieder segeln oder surfen oder skifahren ist. Aber wenn man grundsätzlich einen Freund hat, ist ein Sonntag allein nicht einsam.)
- ☹ dumme Kommentare von meinen Eltern
- ☹ Ich müsste wieder einen einzelnen Salat Nicoise beim Pizzaservice bestellen und das ist eindeutig der emotionale Offenbarungseid.

Ich beschließe, dass ich kein Taxi rufe. Ich muss das Ganze einfach als Experiment sehen. Es soll doch gut sein, mal ganz andere Erfahrungen zu machen. Dieser Urlaub ist meine persönliche Grenzerfahrung – so wie ein Bungeesprung oder ein Besuch im Dschungelcamp. Ich beschließe, mir diesen Dschungel ein bisschen näher anzusehen und gehe Richtung Dorfzentrum. Downtown Sexau quasi. Aus einer kleinen Bäckerei kommt herrlich süßer Duft. Ich lasse mich anlocken und kaufe mir spontan eine Nussecke. Während ich das Kleingeld zusammensuche, höre ich Stimmen hinter mir flüstern. Allerdings ziemlich laut. Hieß das da gerade »Das ist die Neue«? Beim Rausgehen gucke ich zu dem kleinen Tisch. Drei ältere Damen sitzen vor drei Kaffeetassen, sechs Augen starren mich an. Ich wende mich vor der Tür nach links, bleibe aber direkt daneben stehen. Das Trio tuschelt sofort wieder los. Plötzlich höre ich ein völlig empörtes: »An Marthas Stelle würde ich mir das nicht bieten lassen. All die Jahre.«

Ich erschrecke richtig. Was soll sich Martha nicht bieten lassen? Dass ihr Enkel sich um sie kümmert?

Dass der seine Freundin mitbringt?

Dass Martha nicht mit nach Madeira darf?

Ich verstehe diese maßlose Empörung überhaupt nicht.

Als ich nach gut zwei Stunden zurückkomme, sind die Beeren gezuppelt und das Laub ist geharkt. Oma Martha ist nicht zu sehen. Wahrscheinlich sitzt sie gerade auf einem Trecker und mäht eine Wiese oder so. Arne thront auf der Terrasse, hat die Beine ausgestreckt und hält sein Gesicht in die Sonne. Ich lasse mich auf den Stuhl neben ihn fallen. Nach ein paar Minuten lächelt Arne – immer noch mit geschlossenen Augen - und sagt leise: »Riechst du das?«

Ich gucke ihn an. Was meint er? Kocht Oma irgendeine fiese Spezialität für uns? Hat er einen fahren lassen? Spritzt irgendein Bauer gerade mit Gülle seine Felder?

»Was meinst du genau?«, frage ich vorsichtig.

»Na, die Luft. Riecht die nicht herrlich?«

Ich starre ihn weiter an, warte darauf, dass er laut lacht. Tut er aber nicht. Ich atme probeweise tief ein und rieche nichts.

»Mmh«, murmele ich trotzdem.

»Oma hat sich etwas hingelegt. Das könnten wir eigentlich auch machen, oder?«

Das klingt doch mal gut. Immerhin habe ich mir ja extra auch noch neue Underwear für diesen Urlaub zugelegt. Wir gehen ins Haus zurück und Arne schließt leise die Zimmertür hinter uns. Er steigt aus der Jeans, lässt Socken und Shirt an und ist fünf

Minuten später in eine Art Koma gefallen. Ich liege frustriert neben ihm und überlege, ob es Arne wohl auffällt, wenn ich die Schlümpfe in dem Setzkasten neu sortiere. Danach mache ich im Flur ein paar Situps. Ich bin schließlich mit einem Sportler zusammen. Da kann ich mich und meinen Körper nicht einfach gehen lassen. Ich bin froh, als mein Handy klingelt und mich von der schweißtreibenden Angelegenheit erlöst. »Lisa« steht auf dem Display.

»Na, was treibt ihr so?«, will sie wissen.

Wenn die wüsste.

»Ich mache Sport und Arne schläft«.

»Ist der krank oder warum schläft der mitten am Tag?«

»Er hat offenbar eine Frischluftvergiftung, die ihn dahingerafft hat«, lache ich.

»Ich wollte dir nur kurz erzählen, dass ich jetzt im Hotel bin. Die Gruppe ist super lustig und weißt du, was der Hammer ist? Der Fabian ist auch dabei. Kennst du den noch? Der Typ von der Einführungsveranstaltung an der Uni.«

Und wie ich den noch kenne. Wir haben die Veranstaltung seinerzeit privat fortgesetzt. Das weiß Lisa allerdings nicht.

»Ach, wie nett«, sage ich nur vage.

»Die Zimmer sind natürlich eine Katastrophe. Das hatte ich schon geahnt, aber oft werde ich da eh nicht sein.«

»Hast du auch Biber-Bettwäsche?«

»Was?«

»Schon gut.«

»Ich muss jetzt zum Begrüßungscocktail. Grüß Arne von mir, falls er trotz Sauerstoffvergiftung noch mal aufwacht.«

Ich lege auf und frage mich, wo mein Begrüßungscocktail eigentlich ist.

Den bekomme ich am Abend direkt nach gebratener Leber (iiiih) mit Zwiebelringen (iiiih) und Kartoffelpüree (bäh). Oma verteilt kleine Gläser und kippt etwas aus einer Flasche ohne Etikett hinein.

»Den brauchen wir jetzt«, bestimmt sie.

Ich frage mich, warum sie nicht einfach etwas kocht, das man ohne Hochprozentiges verdauen kann. Die Flüssigkeit schmeckt wie eine Mischung aus Brennspiritus und Mundwasser. Zumindest habe ich danach nicht mehr den Geschmack von Leber auf der Zunge. Danach räumt Martha die Flasche weg und zaubert ein Kartenspiel hervor.

Ich sitze an meinem ersten Urlaubsabend in einer Rundecke aus Holz und spiele Skat. Der halbtrockene Weißwein, den Arne für mich aus dem Keller holt, macht die Ausgangslage nur graduell erträglicher. Oma hat sich eine Flasche Likör aus der verspiegelten Bar geholt und legt eine erstaunliche Schlagzahl vor. Ich klaube aus den letzten Ecken meines Gehirns mein Skatwissen aus Schultagen. Wie war das mit Null-Ouvert? Wie reizt man noch mal richtig? Ich finde, dass ich mich ganz wacker schlage, bis Oma irgendwann sagt: »Mit euch macht das irgendwie keinen Spaß. Ihr überreizt euch andauernd und spielt sogar mit einer blanken Zehn.«

Ich würde jetzt gerne sagen, dass mir das von Anfang an keinen Spaß gemacht hat. Nach ungefähr fünf

Hefeweizen ist Arne mittlerweile so blau wie seine Schlümpfe oben und verkündet, dass wir jetzt sowieso ins Bett müssten. Ich finde, ich müsste angesichts meines Alters und meines Image als angehende Studentin jetzt ganz andere Dinge tun. Zum Beispiel:

- ☹ an einer Strandbar stehen und mich anflirten und auf einen bunten Drink einladen lassen
- ☹ auf der Tanzfläche ausflippen
- ☹ die Zukunftsfähigkeit unseres globalen Finanzsystems diskutieren oder auch
- ☹ in einem zweistündigen Telefonat mit einer besten Freundin einfach über Nichts reden.

Aber ich muss ja ins Bett. Unter der kratzigen Bettdecke passiert nichts Nennenswertes, das allerdings mit viel »psst« und »nicht so laut« seitens Arne kommentiert wird. Ich fühle mich schlagartig wieder wie 15. Ein Alter, das ich nie mochte.

Als ich endlich im Reich der selig Schlafenden angekommen bin, werde ich schon wieder zurückgerufen. Mein Telefon klingelt mal wieder. Auf dem Display steht »Eltern«. Im allerersten Moment habe ich Angst. Bitte, lieber Gott, lass nichts Schlimmes passiert sein. Im allerzweiten Moment denke ich: Lieber Gott, lass etwas passiert sein, das meine dringende Anwesenheit bei meinen Eltern, inklusive sofortiger Abreise hier, verlangt. Es verlangt aber nur Merle, mich zu sprechen.

»Ich habe *die* Idee«, verkündet sie lautstark.

»Die Idee für was genau?«, erkundige ich mich schein-interessiert und unterdrücke ein Gähnen.

»Für Geld, Ehre und Neid.«

»Ich höre«, behaupte ich.

»Bei Facebook sind mittlerweile Millionen oder so vernetzt. Aber was ist, wenn da mal einer stirbt? Dann ist der einfach weg. Ich lege einen Facebook-Friedhof an. Da kommen alle verstorbenen Mitglieder rein.«

»Nette Idee. Wo kommt jetzt genau das Geld her?«

»Über Werbung natürlich. Die Besucher können da Blumen auf den virtuellen Grabsteinen ablegen oder auch Kerzen anzünden. Und überall gibt es hübsche kleine Werbebanner von Bestattungsinstituten und Sarg-Designern oder so. Gut, oder?«

»Total. Super innovativ und kreativ. Vielleicht kannst du ja sogar virtuelle Trauerfeiern abhalten«, schlage ich vor und meine es eigentlich lustig.

»Keine schlechte Idee. Ich denk mal drüber nach«, antwortet Merle ganz ernst.

Kurz bevor ich wieder einschlafe, frage ich mich, ob man demnächst dann wohl ‹Traueranfragen› bekommt und es Hinterbliebenen-Gruppen gibt. Werden demnächst Fotos der schönsten Friedhofssteine gepostet?

Komm, ich zeig dir jetzt mal die Gegend«, fordert Arne mich nach einem umfangreichen Frühstück mit Schinken und selbstgemachter Marmelade am nächsten Morgen auf.

»Prima, ich ziehe mich eben um«, freue ich mich. Ich muss mal ganz dringend aus dem Innenleben einer Kuckucksuhr raus. Als ich fünf Minuten später in Wanderschuhen und Trekkinghose die Treppe herunterkomme, kriegt Arne einen Lachanfall. Er trägt Jeans und Sneakers. Ich drehe mich wortlos auf dem Absatz um, erscheine drei Minuten später in Jeans und Shirt und zische ihn an: »Halt den Mund.«

Weitere zwölf Minuten später haben wir das Dorf gesehen. Das gesamte Dorf. Es gibt zwei Kirchen, einen Bäcker (den ich ja schon kenne), eine Apotheke (mit Hühneraugenpflastern im Angebot), einen Imbiss, Rewe, einen Coiffeur und drei Kneipen mit gutbürgerlicher Küche. Ich fühle mich wie in einem Freiluftmuseum. Abrupt bleibt Arne vor einem flachen Haus mit dem Charme eines Gesundheitsamtes stehen.

»Hier bin ich zur Schule gegangen«, höre ich ihn sagen. Und er sagt das so, als wäre ich eine TV-bekannte Journalistin, die mit einem Promi auf den Spuren seiner Kindheit wandelt. Ich nicke ergriffen und starre auf die grauen Wände und die unbegabten Window-Colour-Schmierereien an den Fenstern.

»Hinter der Kastanie da hinten habe ich meinen ersten Kuss bekommen«, schwelgt er in Erinnerungen.

»Und wo genau hast du dein erstes Pausenbrot gegessen und deine allererste Capri-Sonne getrunken?«, frage ich sehr freundlich.

Ja. Das war nicht sehr nett, aber ich möchte einfach nicht die nächsten fünf Stunden auf den dünnen Spuren von Arnes Vergangenheit wandeln. Hier hatte ich meinen ersten Vollrausch inklusive Übergeben neben dem Klo. Hinter der Gardine hatte ich mein erstes Petting (gibt es das Wort überhaupt noch?), hier war der Frauenarzt, bei dem die Eve sich damals die Pille danach abgeholt hat.

Ich bin doch nicht seine Biografin.

Arne steckt meine Ironie gut weg, streicht sich durch die Haare und sagt verträumt, dass das alles schon so weit her, so weit weg sei. Sei froh, denke ich, sage es aber nicht. Wir schlendern zurück und sind trotz unseres Entengangs schon ungefähr eine Stunde später wieder zu Hause. Oma schält Kartoffeln.

»Seid ihr zum Mittagessen da?«, fragt sie durch die offene Küchentür.

Ich sage laut: »Nein.«

Gleichzeitig sagt Arne laut: »Ja.«

»Also, einmal ja, einmal nein«, fasst sie cool zusammen.

»Was soll das?«, raunt Arne mir zu.

»Ich dachte, wir könnten vielleicht ein Picknick machen«, sage ich leise und fast ein bisschen bittend.

»Ich glaube nicht, dass Oma das schafft«, sagt er und das schafft mich.

Wir essen also mit Oma zusammen Möhrendurcheinander mit Mettwürsten. Ein Gericht, das ich seit mindestens 15 Jahren nicht mehr auf dem Teller hatte und auch nicht vermisst habe. Danach legt Oma sich zum Mittagsschlaf hin. Ich habe Angst, dass Arne sich auch schon wieder hinlegen will. Wenn das nämlich so weitergeht, werde ich am Ende des Urlaubs wunde Stellen vom Schlafen haben. Die sollen ganz schlecht wieder verheilen. Habe ich mal in einer Seniorensendung gesehen. Aber Arne will gar nicht in die Horizontale.

»Mein Vater hat mich noch gebeten, nach der Heizung zu sehen. Die gluckert so komisch. Muss wohl entlüftet werden. Am besten mache ich das sofort, dann habe ich das hinter mir«, sagt er und entschwindet in den Keller. Ich sitze vor drei schmutzigen Tellern in der Holz-Rundecke und ärgere mich. Wieso habe ich nichts zum Lernen mitgenommen? Mir ist so langweilig, dass ich jetzt sogar spanische Grammatik pauken würde. Die Top Drei meiner aktuellen Fragen:

- ☹ Wieso bin ich nicht mit Lisa Richtung Süden geflogen?
- ☹ Wieso habe ich die Semesterferien nicht für ein Praktikum genutzt – im besten Fall für ein bezahltes?
- ☹ Wieso habe ich Arne vorher nicht gefragt, was genau wir den ganzen Tag im Schwarzwald tun werden?

Lustlos räume ich den Tisch ab und muss feststellen, dass dieser Haushalt über eine Mikrowelle und eine Nespresso-Maschine, nicht aber über eine Spülmaschine verfügt. Das kann nicht sein. Ich gehe in den Keller, wo Arne auf einer Holzkiste sitzt und telefoniert.

»Sprichst du mit der Heizung und sagst ihr, dass sie aufhören soll zu gluckern, oder was?«

Er verabschiedet sich schnell.

»Das war ein alter Kumpel, der gehört hat, dass ich im Lande bin.«

»Lass mich raten: Er will sich mit dir treffen, um bei fünf bis sieben Bier Weißt-Du-noch-Geschichten auszutauschen.«

»Womit habe ich so eine schlaue Freundin verdient«, grinst er und kitzelt mich am Bauch.

»Ich bin eigentlich nur hier, um dich zu fragen, wo genau die Spülmaschine ist. Ich kann die nicht finden.«

»Ich fürchte, du kannst lange suchen. Meine Eltern haben keine. Meine Mutter glaubt, dass das Geschirr da nicht wirklich sauber wird, sondern nur so aussieht.«

»Mir reicht es, wenn Teller sauber aussehen. Ich will darauf keinen operativen Eingriff vornehmen«, bemerke ich.

»Ich komme gleich hoch und helfe dir abtrocknen«, will Arne mich beschwichtigen.

Ich gehe wieder hoch und frage mich, wieso er eigentlich davon ausgeht, dass ich das jetzt alles von Hand spüle? Was ich natürlich tue.

Ich sehe meine Hände in dem trüben Wasser und versuche nicht daran zu denken, dass Lisa sich jetzt von Kopf bis Zeh im sommerwarmen Meerwasser ausstreckt.

»Du hast doch nichts dagegen, oder?«

Arne hat die Arme von hinten um mich geschlungen und flüstert mir ins Ohr. Zurzeit habe ich so ziemlich gegen alles was.

»Wogegen habe ich nichts?«, frage ich dennoch.

»Dass ich mich heute Abend mit einem Kumpel treffe. Ich habe den ewig nicht gesehen. Ein Jahr, um genau zu sein. Wir wollten mal ein bisschen um die Häuser ziehen.«

»Natürlich habe ich nichts dagegen. Wenn ihr hier im Dorf um die Häuser zieht, seid ihr ja nach einer halben Stunde zurück.«

Er gibt mir einen Kuss aufs Haar, was ich nicht leiden kann. Was mich noch mehr irritiert: Er hat meine Antwort wohl wirklich als Zustimmung gewertet. Jetzt kann ich das natürlich nicht mehr rückgängig machen. Immerhin bin ich doch »die Frau, die nicht klammert«.

»Hast du vielleicht noch einen Tipp für mich, was ich heute Abend machen könnte?«

»Vielleicht kannst du dir von Oma Ratschläge fürs Reizen holen?«, sagt er grinsend.

Ich starre ihn nur an.

»Für Skat natürlich«, fährt er fort.

Ich schnappe mir Zettel und Stift und beginne, meine Optionen durchzugehen:

😕 *Ich kaufe mir ein Yoga-Buch und mache jeden Tag 70 Tibeter – oder wie die heißen.*

😕 *Ich kaufe mir Joggingschuhe und werde am Ende der Ferien endlich wieder die Kondition und Figur wie in der achten Klasse haben, als ich mich noch fürs Bodenturnen erwärmen konnte.*

☹ *Ich schicke Lisa ein Foto des Badezimmers und sie wird die GSG 9 oder auch 10 informieren, um mich zu befreien.*

☹ *Ich täusche einen Anruf meiner Eltern und das plötzliche Ableben einer nahen Verwandten vor und reise überhastet ab.*

☹ *Ich sage Arne, dass mir todlangweilig ist und ich nicht weiß, was ich spielen soll.*

Ich habe eine halbe Stunde für diese kurze Liste gebraucht. Der letzte Punkt ist irgendwie mein Favorit. Ich könnte auch runter gehen und mich zu Oma gesellen. Aber die ist mir irgendwie suspekt. Ich habe immer das Gefühl, dass sie mich aus den Augenwinkeln beobachtet. Endlich höre ich, wie im Wohnzimmer der Fernseher ausgemacht wird. Ich warte noch zehn Minuten, schleiche dann nach unten und schnappe mir das Telefon. Soll Arne seinen Eltern erklären, wie die immens hohe Rechnung während ihrer Abwesenheit zustande gekommen ist. Lisa nimmt zwar schnell ab, ich verstehe sie nur leider kaum. Sie scheint in einer Disco zu sein und direkt neben der Box zu stehen. Irgendwann wird es leiser. Sie ist offenbar von der Tanzfläche gegangen.

»Wer ist denn da?«, brüllt sie in ihr Handy.

»Das Schwarzwaldmädel«, antworte ich genervt.

»He Maike, wie geht es dir? Hier ist es super. Der Strand ist ein Traum, ich habe noch keinen Durchfall vom Essen und die Cocktails fließen in Strömen.«

»Bei mir fließen bald die Tränen in Strömen. Der Urlaub hier ist eine Katastrophe«, gestehe ich.

»Aber das war dir doch vorher klar«, lacht sie.

Eigentlich hat sie damit Recht.

»Hör mal, neben mir steht Marc, ich gebe dich mal weiter. Vielleicht kann der dich aufheitern«, höre ich Lisa plötzlich.

Ehe ich sie davon abhalten kann, meldet sich ein Marc. Das Gespräch ist wider Erwarten ganz nett. Irgendwann muss Marc aufs Klo und reicht mich an einen Stefan weiter. Eine Stunde später habe ich mit vier Typen und zwei Mädels gequatscht und lande wieder bei Lisa. Die berichtet, dass Fabian sich auffallend oft nach mir erkundige. Ob ich vielleicht vergessen habe, ihr irgendwas zu erzählen. Immerhin wisse Fabian, dass ich eine knallrote Küche habe. Woher nur? Gottseidank piept genau jetzt das Telefon in meiner Hand. Offenbar geht der Akku gerade in die Knie.

»Mist. Ich glaub, ich muss aufhören.«

»Wir gehen jetzt eh noch an den Strand. Da gibt es fast kein Netz. Ich erzähl dir morgen, was du noch verpasst hast. Du kannst dir ja in der Zeit eine schöne Fabian-Story ausdenken«, lacht sie noch.

Als Arne schwankend nach Hause kommt, steht das warme Telefon in der Ladestation und tankt sich wieder auf.

»Hattest du einen schönen Abend?«, fragt er mit schwerer Stimme.

»Total. War in der Disco«, grinse ich, aber Arne hört es schon nicht mehr.

Als ich aufwache, knistert es neben mir. Meine Hand ertastet einen Zettel. Ich ahne, was draufsteht: »Tut mir leid, dass es gestern so spät geworden ist. Ich hole frische Croissants. Steh nicht auf, ehe ich sie dir nicht mit einem Café au lait am Bett serviert habe.« Ich grinse zufrieden und drehe mich nochmal um. Eine gefühlte Stunde später liege ich da immer noch allein. So weit war dieser Bäcker doch gar nicht weg, oder? Ist Arne eingefallen, dass sein Vater ihn gebeten hat, noch nach ein paar lockeren Dachziegeln zu gucken? Ich wälze mich wieder in die Ausgangslage und schnappe mir das Blatt Papier.

»Liebe Maike. Ich habe viel nachgedacht.«

Ich stutze. So ein Anfang endet meist mit dem Ende. Und wann überhaupt hat er nachgedacht? Gestern Abend nach dem fünften Eimer Bier? Ich lese weiter.

»Ich bin mir einfach nicht mehr sicher, ob wir glücklich sind. Ich weiß nicht mehr genau, was ich für dich empfinde. Ich möchte meinen Gefühlen auf den Grund gehen und bin deswegen für ein paar Tage weggefahren. Ich muss allein sein. Vielleicht kannst du die Zeit im schönen Schwarzwald auch nutzen, um dir über deine Gefühle klar zu werden. Arne.«

Ich bin mir über meine Gefühle klar. Ich bin wütend, entsetzt, verstört und überrascht. Arne will seinen Gefühlen auf den Grund gehen. Wieso braucht er dafür ein paar Tage? So tiefgründig wirkte er auf mich nicht. Und was genau meint er mit: Ich soll die Zeit im Schwarzwald nutzen? Soll ich jetzt bei Oma bleiben, während er irgendwo in Denkerpose vor dem nächsten Bier sitzt und auf eine emotionale Eingebung wartet?

Soll ich jetzt hier die Heizung entlüften, während er mit seinem schwarzen Golf über die Autobahn heizt und die Haare im Wind flattern lässt? Mit seinem albernen schwarzen Golf. Offenbar ein Wunderwerk der Automobil-Industrie. Irgendwann hatte Arne gehört, wie ich meinen Eltern erzählt habe, dass Arne einen Golf fahre. Nach dem Telefonat hatte er mir sehr wort- und gestenreich erklärt, dass dieses Vehikel nicht einfach ein Golf sei, sondern ein Golf soundso mit soundso. Mir war nie klar gewesen, in welch exotischem Automobil ich gefahren war. Ich fand nur die Musikanlage und den Auspuff etwas laut. Jetzt sitze ich hier autolos in der Middle of nowhere und unter mir wohnt Oma Martha, die mich immer so merkwürdig taxiert. Ganz langsam lege ich den Zettel wieder auf das unberührte Kopfkissen neben mir, lege mich auf den Rücken und schließe die Augen. Ich warte. Jeden Moment muss die Tür aufspringen und Arne wird lachend im Zimmer stehen. Er wird sagen: »Hast du das jetzt echt kurz geglaubt? Gib zu, du hast es ganz kurz wirklich geglaubt!« Und dann wird er mich auskitzeln und sagen, dass ich kurz nach dem Aufwachen immer so toll rieche. Er wird mir den Nacken kraulen und mich fragen, was ich heute machen möchte und ob ich mit einem frischen Croissant zum Frühstück inklusive frisch ausgepresstem Orangensaft zufrieden sei. Ich konzentriere mich und versuche allein durch die Kraft meiner Gedanken die Tür aufspringen zu lassen.

Sie bleibt geschlossen.

Ich widerstehe der Versuchung, Merle mitzuteilen, dass Arne demnächst ein Kandidat für ihren Facebook-Friedhof ist.

Ich stehe wie in Trance auf und schleppe mich ins Bad. Während ich auf die Kacheln starre, fällt mir auf, dass Mint das Grün der Alten ist. So wie Altrosa eben. Ich schaffe es, mich anzuziehen und warte die ganze Zeit auf einen Heulflash. Unter der Dusche wäre praktisch gewesen. Aber es kommt nichts. Auch als ich allein vor meiner Kaffeetasse in der Küche sitze, kommen keine Tränen. In mir pocht die Wut neben einem großen Fragezeichen: Was verdammt soll ich jetzt machen? Als Oma reinkommt, habe ich schon wieder das Gefühl, sie schaut mich neugierig von der Seite an. Von Anfang an hat sie mich wie ein seltenes Exemplar einer seltenen Spezies beäugt.

Hat Arne ihr auch einen Brief geschrieben? Weiß sie schon, dass ihr Enkel sich aus dem Staub gemacht hat? Als sie mir einen guten Morgen wünscht, klingt das eher wie eine Frage. Sie räumt unkoordiniert auf. Schiebt Schüsseln von rechts nach links, putzt die Spüle, stöbert im Kühlschrank. Sortiert die Joghurts und Milchtüten neu. Dabei schielt sie immer wieder in meine Richtung. Als ich abrupt aufstehe, wendet sie sich gleich zu mir. Als ob sie nur darauf warten würde, dass ich was sage. Den Gefallen tue ich ihr nicht. Ich stelle meine Tasse neben einen Kaffeebecher mit eingetrockneten Spuren neben die Spüle. Aus dem hat offenbar heute in aller Frühe Arne getrunken. Der muss doch noch völlig alkoholisiert gewesen sein. Dafür war seine Schrift erstaunlich kraftvoll. Und überhaupt. Das Papier, auf dem er seine Nachricht aufgeschrieben hatte, kenne ich. Das benutzt er zu Hause in Köln auch. Dicke Blätter mit blassblauen Linien. Hat er seinen Brief schon zu Hause geschrieben und zu geeigneter Zeit gezückt? Nein, ich spinne ja schon total. Wahrscheinlich benutzt sein Vater diese Blöcke und als guter Sohn setzt Arne diese Tradition fort. Eine blöde Tradition. Das Papier ist gebleicht und unverschämt teuer. Wahrscheinlich steckt tief in Arne ein wertkonservatives Arschloch, das jetzt in Köln die coole Socke mimt, um in ein paar Jahren brav Papas Anwesen in dritter Generation zu übernehmen. Inklusive natürlich des Versicherungsbüros, das Arnes Vater besitzt. Dann kann seine Gattin mit angespeckten Muttis im Gemeindehaus Bauch-Beine-Po-Gymnastik machen. Er selber wird ehrenamtlich die adipösen Schwarzwälderkirsch-Kinder zum Felgaufschwung auf die Stange wuchten. Oder eine Bauer-sucht-polnische-Altenpflegerin-Gruppe ins Leben rufen. Nebenbei wird er seinen gesamten Freundes- und Bekanntenkreis mit Versicherungen gegen Bösartigkeiten jeder Art eindecken und horrende Provisionen einkassieren.

Ich stürme in unser Zimmer und beginne meine Tasche zu packen. Es ist ja wohl klar, dass ich hier nicht bleibe. Ich bin keine Oma-Sitterin, keine examinierte Pflegekraft, mache kein freiwilliges soziales Jahr – noch nicht mal ein freiwilliges soziales Achteljahr. Ich werde jetzt versuchen, irgendwie zurück in die Zivilisation zu kommen, dann nehme ich den schnellsten Zug nach Köln, packe meinen Koffer um und besteige den nächsten Flieger Richtung Korfu. Und in wenigen Stunden werde ich live und in Farbe mit Fabian, Lisa und Co am Tresen stehen und mich durch die Kostbarkeiten der mediterranen Cocktailkunst schlürfen.

Ich falte Hosen, Shirts und Pullis und versuche zwischendurch immer wieder ins Netz zu kommen, um mir einen Zug herauszusuchen. Doch das Netz ist hier im Schwarzwald offenbar extrem grobmaschig. Ich komme einfach nicht rein.

Ich bin gerade dabei, meine ganzen Tiegel, Tuben und Fläschchen in meinen Kulturbeutel zu pfeffern, als Oma von unten ruft.

»Maike? Das Essen ist fertig.«

Ich fühle mich erst im definitiv falschen Film, aber eigentlich habe ich schon ein bisschen Hunger. Ist vielleicht besser, wenn ich the long way home mit vollem Magen antrete.

Als ich in die Küche komme, stellt Oma Martha gerade die Schüsseln auf den Tisch. Es gibt Pellkartoffeln mit Kräuterquark und eine große Schüssel Salat. Ich bin erfreut und überrascht, vor allem, als ich den Salat probiere. Einfach geil.

»Was ist denn da für ein Dressing dran?«, frage ich mit vollem Mund.

Wenn ich hier schon in die Ödnis verschleppt und sitzen gelassen wurde, kann ich vielleicht noch ein lang gehütetes Familienrezept abgreifen.

»Ist von Edeka. Nicht ganz billig, aber ich finde es einfach gut. Mit Himbeeressig und Senf. So lecker kriege ich das nicht hin«, erklärt mir Martha.

Na toll. Ist das ‹Essen wie bei Großmutter›?

Als ich die letzte Kartoffel mit dem Rest von Kräuterquark vertilgt habe, fragt Oma mich plötzlich: »Was machen wir denn jetzt?«

Ich könnte jetzt natürlich sagen: Was Sie machen, weiß ich nicht. Aber ich mache mich aus dem Staub.

Klingt nicht gut.

Wieso ist Omi eigentlich nicht erstaunt, dass Arne nicht mit uns isst? Was weiß sie? Hat Arne ihr etwa von seinen Gefühlsduseleien erzählt? Kann der Typ nicht einfach ganz normal Schluss machen? Aber innerhalb der Zivilisation. Ich fühle mich fast, als wäre ich entführt worden und als wäre mir mein Entführer nun irgendwie abhanden gekommen. Als hätte er festgestellt, dass meine Eltern doch keine Millionäre sind und wäre deswegen getürmt.

»Was möchten Sie denn machen?«, frage ich vorsichtig.

Vielleicht will sich das Großmütterchen ja jetzt ein bisschen hinlegen. Dann schreibe ich einfach auch einen Brief und bin weg. Immerhin. In diesem Haus werden noch Briefe geschrieben. Nicht nur Mails oder SMS.

»Wir müssen auf jeden Fall noch einkaufen«, verkündet Oma Martha energisch.

»Wenn Sie wollen, gehe ich eben ins Dorf. Machen Sie mir doch einfach eine Liste«, schlage ich vor. Ehe ich hier meine Zelte abbreche, sollte ich für Oma vielleicht noch mal eben den Kühlschrank voll machen. Obwohl, eigentlich wirkt sie fit genug, um sich selber um die Lebenshaltung zu kümmern. Zur Not würde die einen Hasen einfangen und köpfen. Wahrscheinlich fährt sie immer mit dem Trecker downtown Sexau, um dort ganze Hinterschinken, riesige Brotlaibe und ein bis zwei Kästen Bier in den Hänger zu wuchten.

»Ich kaufe doch nicht hier im Dorf ein. Viel zu teuer und keine Auswahl. Wir fahren in die Stadt.«

So, so. Wir fahren in die Stadt. Dann könnte ich ja eigentlich gleich mein Gepäck mitnehmen. In der Stadt wird wohl der Bahnhof sein. Ich gehe also noch groß mit Oma einkaufen und setze mich in der Stadt einfach ab. Für Oma bestelle ich dann einfach ein Taxi.

»Wissen Sie eigentlich, wann Arne wiederkommt?«, frage ich beiläufig, während ich brav die Teller abräume und in der Spüle stapele. Sie soll bloß nicht glauben, dass ich hier nochmal abwasche.

»Das hat er Ihnen doch geschrieben«, behauptet sie.

Hat Arne wirklich seine emotionale Verwirrtheit vor Oma ausgebreitet? Wahrscheinlich hat sie ihm so einen Abreißkalenderspruch mit auf den Weg gegeben. So was wie ‹Nur in der Ferne vermisst man, was man wirklich liebt›. Bah! Wieso kenne ich solche Weisheiten? Ich bin kurz von mir selber irritiert.

»Dann wissen Sie also, dass er kurzfristig abwesend ist?«, frage ich zurück. Mir fällt auf, dass Arne eigentlich auch oft abwesend war, während er eigentlich anwesend schien.

»Weiß ich. Aber ich denke, wir können uns das hier in der Zwischenzeit ganz nett machen. Auf jeden Fall müssen wir in der Stadt noch Wein kaufen. Dieses süße Gesöff, das meine Schwiegertochter da im Keller hortet, kann man ja nicht trinken.«

Wie konkret stellt Oma sich »nett machen« vor? Dass wir uns jetzt jeden Abend ein bis zwei Flaschen trockenen Rotwein in den Rachen kippen und geduldig die Rückkehr des verlorenen Enkelsohnes erwarten?

»Und wir brauchen Bier. Heute Abend kommt Karl-Werner zum Kartenspielen.«

Mein Plan steht. Ich nehme jetzt meine fette Tasche mit in die Stadt, deponiere sie am Bahnhof, kaufe mit Omi ein, bringe sie zur Bushaltestelle oder zum Taxistand und verabschiede mich höflich. Dann besteige ich den nächsten Zug gen Norden und beende diesen Alptraum.

Als ich mit Tasche und Jacke wieder herunterkomme, ist Oma auch schon startklar. Sie trägt ein Kostüm im schönsten Seniorenbeige und dazu einen riesigen pinkfarbenen Schal. Der beißt sich unschön mit dem grünen Wagen, den sie an der Hand hat. Mir drückt sie auch so einen Hackenporsche in die Hand. Klar, wie sollen wir sonst die Unmengen von alkoholischen Getränken auch transportieren? Natürlich ist sie irritiert, dass ich auch meine Reisetasche dabei habe. Kommentieren tut sie das nicht. Als ich hinter Oma zur Bushaltestelle gehe, muss ich fast grinsen. Die Situation ist einfach zu skurril für mich. Ich mache schnell ein Foto von ihrer rollenden Einkaufstasche und schicke es Merle mit dem Vorschlag »Wie wäre ein Re-Design von Einkaufswagen. Scheint noch Luft nach oben zu geben.«

Die halbe Stunde Busfahrt verbringt Oma im angeregten Plausch mit einer Sitznachbarin: Die Sibylle von der Fleischtheke im Rewe ist schon wieder schwanger und Wagner-Paul hat eine halbnackte Sängerin für das Fest der freiwilligen Feuerwehr organisiert.

Dann sind wir angekommen und steigen aus.

»Ich muss noch kurz zum Bahnhof«, sage ich kurz.

Grinst Oma? Sie zeigt über die Straße.

»Gleich da. Ich warte hier«, antwortet sie. Ich nicke nur und gehe Richtung Bahnhof. Nachdem ich meine Tasche eingeschlossen habe, studiere ich den Fahrplan. Ich kann heute Abend fast stündlich Richtung Schweiz oder Italien reisen. Der Süden liegt mir also quasi zu Füßen. Richtung Norden geht es von Gleis 4. Normalerweise. Heute steht auf der Anzeigetafel ‹Gleisarbeiten bis morgen 12:00 Uhr. Ersatzbusse bis Gundelfingen.› Mist. Ich könnte in einer Stunde mit dem Zug nach Basel fahren und gucken, ob ich von dort aus Richtung Köln komme. Ich will aber nicht nach Basel. Da verstehe ich bestimmt niemanden. Es gibt einen ICE nach Köln. Morgen um 13:03 Uhr. Mist. Mist. Ich will nicht heute Nacht alleine auf Arnes Spielwiese liegen, während Martha und Karl-Friedhelm (oder wie er hieß) Karten kloppen, Flips futtern und sich über die Neuerscheinungen aus der Apotheken-Rundschau austauschen.

Ich stelle mich am Info-Schalter an. Die Frau vor mir will eine Gruppenreise buchen für zwölf Personen, darunter drei Kinder, eines unter zwei Jahren und zwei Rollstuhlfahrer. Dazu kämen noch zwei Hunde. Drei der Mitreisenden hätten eine Bahncard, eines der Kinder eine Juniorkarte. Ach ja: Und bei der Rückreise kämen noch zwei erwachsene Personen dazu, dafür sei einer der Rollstühle nicht mehr dabei.

»Haben Sie da vielleicht ein besonderes Sparangebot?«, fragt die Dame. Genervt mache ich kehrt. Es wird wohl auf den Zug morgen Mittag hinauslaufen. Was bringt es mir, wenn ich heute noch nach Basel reise, dann vielleicht keinen Anschluss bekomme und für teure Franken ein Hotelzimmer mieten muss?

»Vielleicht sollten wir erstmal einen Kaffee trinken«, schlägt Oma vor.

Gute Idee. Ich staune allerdings, als sie direkt auf einen Starbucks zugeht.

»Die Heidelbeermuffins hier sind der Hammer«, teilt Oma mir mit und bestellt geübt ihren Kaffee mit Sojamilch. Auf ihrem Kaffeebecher prangt original »Omma«. So so, ist sie also nicht zum ersten Mal hier.

Wir machen es uns in der Sitzecke bequem und ich versuche nicht, nicht, nicht an Korfu zu denken.

»Ich hoffe, Sie sind nicht so langweilig wie die im letzten Jahr. Die hat da nur rumgesessen und sich stundenlang die Nägel gefeilt«, sagt Oma schließlich und schiebt sich mit der Gabel ein dickes Stück Muffin in den Mund.

Was?

Was hat sie gerade gesagt?

Wer genau ist »die im letzten Jahr«? Wer hat sich wo die Nägel gemacht? Ist Oma vielleicht doch dement und hat gerade einen akuten Schub? Ich habe mal gelesen, dass Menschen mit einer Demenzkrankheit ungeheuer aggressiv werden können. Wird sie mir gleich ihre Gabel in empfindliche Regionen meines Körpers rammen? Ich lehne mich automatisch zurück. Ich meine mich zu erinnern, dass geraten wurde, trotzdem immer sehr freundlich zu bleiben.

»Wen genau meinen Sie und wie schmeckt eigentlich der Muffin? Sieht ja wirklich super aus.«

»Der Muffin ist köstlich. Ich glaube, ich nehme noch einen. Und ich meine die junge Frau, die Arne letztes Jahr hier sitzen gelassen hat.« Kann man den Satz noch anders verstehen als ich ihn gerade verstanden habe? Gibt es irgendeine verdammte Möglichkeit, dass es nicht so ist, wie ich gerade denke?

»Hatte Arne im vergangenen Jahr extra eine Pflegerin für Sie engagiert? Das ist ja lieb.«

»Quatsch. Das war seine Freundin. Also vorher zumindest.«

»Sind Sie sicher?«

Sie grinst.

»Kann sein, dass ich etwas schwerhörig bin. Aber ich bin nicht taub. Außerdem ist Arne für eine Pflegerin doch viel zu geizig.«

Ich gucke aus dem Fenster, sehe alte und junge Menschen vorbeischlendern und rechne sekündlich damit, dass irgendjemand johlend eine Kamera hochhält und mir mitteilt, dass ich einer Spaßvogel-Attacke zum Opfer gefallen sei. Martha quält sich aus dem tiefen Sessel.

»Soll ich Ihnen einen mitbringen?«

Ich gucke sie an, versuche zu verstehen, was sie meint. Aus ganz weiter Ferne meldet sich eine leise Stimme. Sie will mir einen Muffin mitbringen. Wie süß. Ich glaube nicht, dass mir das jetzt hilft und schüttele nur den Kopf. Als Oma wieder kauend vor mir sitzt, wage ich einen Versuch.

»Und wie war die angehende Ex-Freundin im vorletzten Jahr?«

»Das war diese Schwarzhaarige, oder?« Sie zieht die Stirn in Falten.

Woher soll ich das denn wissen? Ich zucke die Achseln.

»Stimmt. Die war lustig. Die hat sich direkt in der Kneipe in Sexau volllaufen lassen und ist dann mit dem Martin, dem neuen Apotheker, verschwunden. Als sie am nächsten Tag dahin musste, um sich Kopfschmerztabletten zu holen, hat der so getan, als würde er sie nicht mehr kennen. Das hat ihr irgendwie noch mehr zugesetzt als die Sache mit Arne. Die ist erst drei Wochen später wieder gefahren. Lustig, was?«

Ich lache mich tot.

Ganz langsam setzen sich die Gedanken zu einer schlüssigen Reihe in meinem Kopf zusammen. Wie bei einer Polonaise. Damit Mama und Papa sein Studium in Köln finanzieren, muss Arne seine Sommerferien in der Schwarzwald-Pampa verbringen und Oma hüten. Das mag Arne aber nicht. Er will lieber irgendwo Kite-Surfen oder Free-Climbing betreiben. Also lacht er sich rechtzeitig vor den Ferien eine dumme Maus an, die er dann bei Oma lässt. Dumme Maus bleibt natürlich bei Oma.

😕 Weil sie denkt, die alte Frau nicht allein lassen zu können.

😕 Weil sie hofft, dass Arne geläutert mit Ring und Rosen aus der Dunkelheit des Schwarzwaldes wieder auftaucht. Das wird er natürlich nicht tun. Ein zweites Mal käme Mausi bestimmt nicht mit in den Schwarzwald.

»Ist es nicht schade, dass Ihr Enkel in den Ferien immer so überraschend wieder abreist und Sie mit wildfremden Frauen alleine lässt?«

»Er reist doch nicht überraschend ab. Zumindest für mich ist es ja keine Überraschung. Und ich finde es immer total spannend, wen er dabei hat. Es gibt ja so unterschiedliche Typen.«

Wie schön, dass diese Frau so ein Menschenfreund ist. Da habe ich ja richtig Glück gehabt.

»Und wenn da eine ganz gemeine Freundin dabei gewesen wäre?«

Sie guckt mich amüsiert an.

»Glauben Sie mir, mit der wäre ich auch zurecht gekommen.«

Natürlich habe ich die ganze Zeit den Drang aufzustehen, Oma noch ein schönes Restleben zu wünschen und abzuhauen. Aber erstens ist das mit Abhauen hier gerade extrem schwierig. Zweitens habe ich das Gefühl, dass ich erstmal ganz in Ruhe überlegen muss, was ich jetzt tue. Ich muss mir eine Liste mit meinen Möglichkeiten machen.

»Ich denke, wir sollten jetzt mal endlich einkaufen gehen«, bestimme ich und stehe auf.

Zwei Stunden später ziehen Oma und ich zwei voll bepackte Shopping-Roller und meine dicke Reisetasche nach Hause. Wir haben Wein, Bier, die große Knabberkollektion, verschiedene Schokoladen, Brot, Wurst, Konserven, Milch, Kaffee, grobe Leberwurst (iiihhh) und noch so ein paar Grundnahrungsmittel eingekauft. Ich verzichte aufs Abendbrot – hinterher muss ich noch sehen und riechen, wie Oma die Leberwurst verspeist – und ziehe mich mit der Mandel-Nuss-Schoko und einer Flasche Mango-Bier in Arnes Zimmer zurück.

‹Meine Möglichkeiten›, schreibe ich auf ein großes weißes Blatt:

☹ Ich verschwinde morgen und gebe in einer großen Kölner Tageszeitung ein Inserat auf. »Gut gebauter Sportler sucht Rund-um-die-Uhr-Pflegerin, gerne älter und Barock-Figur«. Dazu vielleicht noch ein Foto von Arne und natürlich seine Telefonnummer.

☹ Ich bleibe hier und warte auf Arnes Rückkehr. Ich tue so, als würde ich ihm verzeihen, und teile dann seinen Eltern mit, dass ihr Sohn das arme Großmütterchen Jahr für Jahr in den Händen sadistisch veranlagter Rumäninnen lasse. Nur aus nackter Angst vor weiteren Repressalien habe Omi geschwiegen. Ihr Sohn übrigens habe die Ferien genutzt, um die Swingerclubszene des Umkreises näher kennenzulernen.

☹ Ich entführe Oma und verlange als Gegenleistung von Arne, dass er mindestens fünf seiner Kumpels in Köln erzählt, ich sei eine Granate im Bett UND überdurchschnittlich intelligent.

☹ Ich gehe jetzt heulend runter und erzähle Oma, Arne hätte mich hier schwanger sitzengelassen. Und dass ich schon fast spüren könne, wie das ungeborene Leben, das ich unter meinem Herzen trage, unter der Abwesenheit des Erzeugers leide. Daraufhin wird Oma ihren Enkel wohl stehenden Fußes zurückbeordern und ich kann in Ruhe abdampfen.

Ich kann mich nicht entscheiden. Ich finde einfach alle meine Möglichkeiten extrem verlockend. Nachdem ich die Schokolade halb und das Bier ganz vernichtet habe, muss ich zunächst einmal Lisa über den neuen Verlauf meiner Ferien informieren. Die ist erst einmal sprachlos. Und diese äußerst extreme Reaktion (für Lisa) führt mir vor Augen, was Arne eigentlich für ein Schwein ist.

»Und du bist immer noch bei der Alten?«, brüllt Lisa ins Telefon und wartet eine Antwort erst gar nicht ab.

»Pack deine Koffer und fahr nach Köln. Dann nimmst du den nächsten Flieger zu mir und wir überlegen, wie du dich am besten rächen kannst. Ich wusste ja die ganze Zeit, dass er es nicht ernst meint mit dir, aber das ist ja wohl das Allerletzte.«

»Es ging heute kein verdammter Zug. Ich war schon am Bahnhof. Die müssen hier wohl erst noch Gleise verlegen. Wieso wusstest du die ganze Zeit, dass er es mit mir nicht ernst meint?«

Ich meine, ich wusste das auch. Aber das so von Lisa zu hören, tut mir schon weh. Wahrscheinlich haben alle die ganze Zeit gedacht »Was will der denn von *der*?«.

Sie druckst irgendwie rum.

»Ihr habt einfach nicht zusammengepasst.«

»Er sah zu gut aus für mich, oder?«, gifte ich sie an.

Ich weiß gar nicht, woher meine Wut plötzlich kommt.

Quatsch. Ich weiß genau, woher meine Wut kommt und es tut mir sofort leid, dass ich sie an Lisa ausgelassen habe.

»Süße, sorry. Ich bin durcheinander. Ich melde mich wieder.«

Den Wecker am Handy hatte ich mir schon auf halb sieben für den nächsten Morgen gestellt. In der Hoffnung, dass Oma nach dem geselligen Abend mit ihrem Karl-Werner etwas länger schlafen und mein Verschwinden nicht bemerken würde. Eigentlich war ich danach nur noch kurz runter gegangen, um eine gute Nacht zu wünschen. Irgendwie hatten Martha und ihr Karl mich dann so weit bekommen, dass ich mit ihnen ein paar Runden Skat gespielt hatte. Karl-Werner war so dankbar gewesen, dass er nicht wieder Canasta hatte spielen müssen.

Es war doch noch ganz vergnüglich gewesen. Martha hatte mir noch Kindheitsfotos von Arne gezeigt. Er war total fett in den ersten Jahren gewesen. Außerdem hatte er eine ganz schlimme Topf-Frisur getragen. Die hatte mit Sicherheit seine Mutter selber geschnitten. Oma und ich hatten wirklich herzhaft lachen müssen.

Vielleicht habe ich deswegen ein leicht ungutes Gefühl, mich nun am Morgen von ihr persönlich zu verabschieden. Da hänge ich lieber bis mittags am Bahnhof ab, bis der Zug dann endlich geht.

Sorgen um das Großmütterchen muss ich mir ja nun wirklich nicht machen. Wer in der Lage ist, Unkraut zu jäten und die halbe Nacht Karten zu spielen, kann sich entweder selber versorgen oder dafür sorgen, dass es andere tun.

Als ich um kurz vor sieben in die Küche komme, tönt mir Florian Silbereisen (oder ein anderer Seniorenflüsterer) entgegen. Martha hat das Radio und einen geblümten Morgenmantel an.

»Guten Morgen, Maike. So früh auf den Beinen? Haben Sie etwas Besonderes vor?«, fragt sie mich fröhlich. Dabei stellt sie einen Becher Kaffee vor mich auf den Tisch.

Ich nicke ihr dankend zu, nehme einen Schluck und sage beiläufig: » Eigentlich habe ich nichts Besonderes vor. Ich fahre nur nach Hause. Können Sie mir bitte den Brotkorb reichen?«

Ich möchte einfach vermeiden, dass Omi sich aufregt.

Oma guckt mich mit offenem Mund an. Schließlich fängt sie sich.

»Sie wollen heute wirklich abreisen und mich hier ganz alleine zurücklassen?«

Ihr Entsetzen hängt vorwurfsvoll in der Luft. Sie hat die Arme vor dem Oberkörper verschränkt. Ich habe ein bisschen Angst, dass sie gleich die Haustür von innen abschließt.

»Sind die anderen denn alle geblieben?« Das kann ich nicht glauben.

»Klar. Zumindest erstmal. Die haben ja gehofft, dass Arne reumütig mit einem Blumenstrauß in der Hand zurückkommt. Die haben mir alle brav Gesellschaft geleistet.«

»Vielleicht könnte Ihnen ja jemand Gesellschaft leisten, den Sie besser kennen als mich. Ihr Enkel zum Beispiel«, schlage ich vorsichtig vor.

»Wenn ich noch Tennis spielen oder Ski fahren könnte. Wenn ich gerne mit Haien tauchen oder an einem großen Drachen durch die Luft sausen würde, dann wäre ich für meinen Enkel interessant. Und wenn mein Enkel mal an etwas anderes als körperliche Ertüchtigung denken könnte, wäre er es für mich. Wir haben einfach keine gemeinsame Wellenlänge.«

»Und deswegen haben Sie auch nie gepetzt, dass Arne Sie hier mit seinen temporären Partnerinnen sitzen gelassen hat?«

»Genau. Dass ich mir mit Arne nichts zu sagen habe, wusste ich vorher. Eigentlich war es jedes Jahr ziemlich spannend, was für ein Modell er aus Köln mitbringt. Und dann hatte ich ja Zeit, die angehende Verflossene kennenzulernen und auch ein bisschen was über Arne zu erfahren.«

»Und? Wer ist Ihr Favorit?«

Jaha. Ich sollte diese Frage nicht stellen.

Sie lehnt sich an die Spüle, kramt sichtbar in ihren Erinnerungen.

»Diese Anna war nicht übel. Die hatte was auf dem Kasten. Die hat mir aus den Händen gelesen und Tarotkarten gelegt. Außerdem konnte die Bauchtanz und hat mir Yoga beigebracht. Das war ein spannender Urlaub. Ich war fast ein bisschen traurig, als sie abgereist ist.«

»Und was stand in Ihren Händen?«

Sie lacht herzlich.

»Dass ich noch mal eine sehr lange Reise machen werde. Aber machen wir die nicht alle noch?«

Ich muss auch grinsen. Ich finde, Galgenhumor wird mit zunehmendem Alter witziger.

»Möchten Sie auch Rührei?«

Ich merke jetzt erst, wie gut es riecht. Oma hatte irgendwas in die Pfanne geworfen. Rührei mit Speck und frischen Kräutern. Wer weiß, wie lange ich nach Köln unterwegs bin. Ich sollte bei Kräften sein. Ich nicke nur und bekomme eine riesige Portion Ei mit einer fast DIN-A4 großen Scheibe Brot samt Butter. Ich beschließe, den gesamten Kalorienbedarf für den Tag einfach schon mal jetzt zu verputzen. Dann habe ich das hinter mir und muss mir am Bahnhof kein Sandwich kaufen, das schon seit Stunden hinter Glas liegt.

»Aber Sie sind auch nicht schlecht. Anna war einfach länger hier. Die konnte ich näher kennenlernen«, fällt Oma in meine Gedanken.

Das Klingeln meines Handys rettet mich vor einer Antwort. Einen ganz kurzen Moment denke ich, dass es Arne sein könnte. Arne, der mehrere hundert Kilometer entfernt von mir gemerkt hat, was für eine Frau, was für ein Juwel ich bin. Arne, der mich beschwört, mich nicht von der Stelle zu bewegen, weil er direkt auf dem Rückweg zu mir sei. Und mit seinem Golf soundso mit soundso käme er bestimmt noch vor dem Mittagessen an. Ich überlege tatsächlich, ob ich mich darauf einlassen und dafür verlangen sollte, mal öfter oben liegen zu dürfen. Ich melde mich rasch und Lisas Stimme ertönt. Nein. Ein Hauch von Lisas Stimme erklingt.

»Maike? Bist du das? Komm nicht. Komm bloß nicht.«

»Lisa, Süße! Was ist los? Geht es dir gut?«

»Nein. Nein. Es geht mir fürchterlich. Ich leide wie noch nie in meinem Leben. Alles will raus. Oben und unten. Gleichzeitig. Diese Scheiß-Vitamine«, haucht sie.

»Hast du Durchfall? Warst du schon beim Arzt?«

»Durchfall? Das fällt nicht. Das schießt. Bis zum Arzt schaffe ich es niemals. Ich komme noch nicht mal bis zum Aufzug.«

»Hast du was Schlechtes gegessen?«

»Ja. Obst. Ich wollte meinem Körper mal was Gutes tun! So ein Dreck. All die Tage mit Wein und Prosecco und Bowle ging es mir bestens. Gestern Abend hatten wir kollektiv ein schlechtes Gewissen wegen schlechter Ernährung und so. Wir haben uns spontan einen Obstsalat gemacht. Hier liegen überall Apfelsinen und so ein Zeug rum. Seitdem wollen alle meine Organe raus. Und der Horror ist, es geht uns fast allen so. Fabian hat sich heute Morgen in den Pool übergeben.«

Ich ekele mich sofort.

»Und dabei hatte ich gerade vorgestern einen interessanten Typen kennengelernt. Wir wollten heute Abend Salsa tanzen gehen.«

»Der muss jetzt warten. Wenn du ihm mitten im Tanz auf die Schuhe reiherst, wird das deine Chancen auf ein zweites Date nicht gerade erhöhen.«

»Du hast ja Recht.«

»Außerdem: Denk nicht daran, wie schlecht es dir jetzt geht. Denk an all die Pfunde, die du jetzt verlierst. Es gibt einfach keine andere Diät, bei der du so wenig Appetit hast«, erkläre ich ihr und schiebe mir die letzte Rührei-Gabel in den Schlund.

»Maike? Wenn du innerhalb der nächsten zwölf Stunden nichts von mir hörst, informierst du bitte die Hotelleitung, ja? Ich möchte nicht morgen früh kalt und steif vom Zimmermädchen gefunden werden.«

»Mach ich«, sage ich und schmunzele. Lisa ist nie krank. Nicht annähernd. Aber wenn sie mal einen Anflug von Kopfschmerzen hat, ist es gleich ein Tumor. Seitenstechen ist ein Milzriss und Zahnfleischbluten erstes Anzeichen von Aids. Ich schicke ihr über den

Hörer noch ein Küsschen, das so ja Gott sei Dank nicht ansteckend ist und lege auf.

»So«, sage ich laut, stehe auf und stelle meinen schmutzigen Teller in die Spüle.

»Sie wollen jetzt wirklich gehen? Sie wollen mich ganz alleine lassen?«

Ich nicke heftig.

»Und wenn ich stürze und mit einem Oberschenkelhalsbruch am Fuß der Treppe liege?«, fragt sie entsetzt.

»Wie oft haben Sie in den letzten Jahren mit gebrochenem Oberschenkelhals im Treppenhaus gelegen?«

»Noch nie. Aber die Wahrscheinlichkeit steigt von Jahr zu Jahr.«

Ich hasse es, wenn ich mit stichhaltigen Argumenten entwaffnet werde.

»Vielleicht wäre es dann sinnvoll, wenn Sie in eine Seniorenresidenz ziehen, bis Ihr Sohn und Ihre Schwiegertochter zurückkommen?«

»Seniorenresidenz? Nennt man das in Köln so? Hier heißt das schlicht Altersheim. Und es riecht da so, wie es klingt. Fürchterlich.«

»Woher wissen Sie das so genau?«

»Weil ich schon da war. Zu einer Gymnastikgruppe.«

»Schön«, sage ich, um überhaupt was zu sagen. Ich will das Gespräch beenden. Ich will das alles hier beenden.

»Nicht schön. Überhaupt nicht schön. Die machen da Gymnastik im Sitzen. Das ist, wie sich ein Konzert mit Ohropax anzuhören. Wir saßen im Stuhlkreis und mussten uns einen bunten kleinen Ball zuwerfen.«

Ich beiße mir auf die Lippe und frage nichts. Sie redet auch ungefragt weiter.

»Ich habe den Ball leider einer Bewohnerin an den Kopf geworfen, die schon eingeschlafen war. Ich kann ziemlich fest werfen.«

Die Zähne auf meiner Lippe helfen nicht. Ich muss lachen.

»Und?«, frage ich.

»Die Frau hatte eine Prellung am Auge. Und mir wurde gesagt, ich solle mal in zehn Jahren wiederkommen.«

»Der beste Beweis dafür, wie fit Sie sind. Also kann ich jetzt beruhigt abrauschen und endlich meinen Urlaub beginnen.«

Mit diesen Worten stehe ich auf und gehe hoch, um die letzten Sachen in die Tasche zu packen. Mittendrin meldet sich Merle wieder, und zwar hat sie ihre berufliche Zukunft konkretisiert.

»He Maike, wie geht's? Ich hab's mir überlegt. Das mit dem Internet-Friedhof ist Mist. Ich werde bestimmt total depressiv, wenn ich es die ganze Zeit mit Verstorbenen und Trauernden zu tun habe. Das zieht mich runter. Ich habe mir was viel Besseres überlegt: eine Unlike-Liste. Geil, oder? Da kann jeder drauf schreiben, von wem er auf gar keinen Fall kontaktiert oder gefolgt werden möchte. Das ist doch super, was?«

Sie klingt richtig aufgeregt. Ich räuspere mich kurz.

»Ehrlich gesagt: Viel optimistischer klingt das für mich jetzt auch nicht.«

»Das ist aber sinnvoll. Weißt du, von wem ich neulich eine Freundschaftsanfrage bekommen habe? Von Gina-Lara. Das ist doch wohl eine Frechheit. Weißt du noch, wie die mich früher andauernd verpetzt hat und allen erzählt hat, dass ich die lila Herzen an die Schule gesprüht habe? Ausgerechnet die will jetzt meine Freundin sein. Die käme als erstes auf meine Unlike-Liste. Und du? Hast du auch jemanden?«

»ARNE«, denke ich in Großbuchstaben.

»Jede Menge. Ich sehe nur noch nicht ganz genau, wie man damit Geld verdienen kann.«

»Soziale Netzwerke leben von Kontakten. Ich lebe dann von Nicht-Kontakten. Das ist doch auch spannend. Zu gucken, wer mit wem nichts zu tun haben will. Da gibt es dann bestimmt witzige Übereinstimmungen.«

Während Merle quatscht, überlege ich, ob es nicht noch lustiger wäre, wenn Merle kurzfristig in Arnes Wohnung zöge. Der wird kaum nach Köln gefahren sein, um angeblich durch sein Gefühlsmeer zu waten. Der ist mit Sicherheit unterwegs Richtung Süden, Richtung Meer. Da könnte ich doch seinen Nachbarn anrufen und ihm sagen, dass bald ein leicht durchgeknalltes Mädel komme, dem er ruhig den Ersatzschlüssel für die Wohnung geben könne. Arne verdiene jetzt bei Airbnb ein bisschen Geld mit Zwischenvermietungen. Binnen 48 Stunden hätte Merle Arnes Wohnung auf links gezogen. Als sie mich vor kurzem besucht hat, hat sie fast alle Möbel umgestellt und eine Wand gestrichen. Was ich nicht so schlecht gefunden hätte, wenn sie es auch zu Ende gebracht hätte.

Arne würde richtig leiden, wenn er zurückkommt. Er ist – so cool wie er immer tut – der totale Pedant. Der hängt seine Socken paarweise zum Trocknen auf und die Joghurts stehen nach Verfallsdatum sortiert im Kühlschrank. Die CDs sind nach Alphabet geordnet. Einmal hatte ich Adele neben Sam Smith einsortiert und war von Arne mit »Die gehört doch neben Aerosmith« angeblafft worden.

»Maike, bist du noch da? Ist meine Idee so langweilig, dass du ins Koma gefallen bist?«

»Nein, nein. Vielleicht gar nicht so unspannend. Mach doch mal ein Konzept. Ich bin gerade ein bisschen in Eile.«

»Verstehe, der Süße ruft. Alles klar. Ich meld mich wieder.«

Wenn die wüsste, dass der «Süße« heute dem Ruf der Freiheit gefolgt ist.

Als ich ein paar Minuten später herunterkomme, um zu gucken, ob da irgendwo noch Sachen von mir liegen, wischt Oma gerade im Flur Staub.

»Wohin wollen Sie denn jetzt in den Urlaub?«, fragt sie und wischt unkoordiniert über Garderobe, Schuhschrank und Telefonbuch und verteilt den Staub nur neu.

»Ich weiß noch nicht genau«, fällt mir auf. Seitdem die Option Lisa weggebrochen ist – im wahrsten Sinne des Wortes – habe ich kein Ziel mehr. Außerdem war ich noch nie alleine im Urlaub. Aber ich kann ja wohl schlecht die ganzen Ferien in Köln verbringen. Wie verzweifelt wäre das denn?

»Vielleicht Frankreich oder Italien. Oder auf irgendeine Insel. Ist mir eigentlich egal«, sage ich, um überhaupt etwas zu sagen. Eigentlich will ich gar nicht irgendwo hin, sondern erstmal nur hier weg.

»Frankreich ist ja gar nicht weit«, räumt Omchen ein und rubbelt über den Spiegel. Es quietscht komisch.

Ich ziehe meine Jacke an und sage leichtsinnig: »Gute Idee. Vielleicht sollten wir beide einfach Urlaub in Frankreich machen«, und lasse meinen Blick schweifen. Irgendwo hier muss noch meine Sonnenbrille liegen.

»Frankreich? Dahin wollte ich seit Jahren mal wieder. Früher waren wir ein paar Mal im Elsass. Das war wunderschön«, höre ich ihre belegte Stimme. Im frisch polierten Spiegel sehe ich ihr kleines Gesicht.

Ich habe ein Problem. Oma hat meinen Witz in den falschen Hals bekommen. Wie bekomme ich ihn da wieder raus, ohne sie zu verletzen?

Ich mache innerlich eine Liste.

☹ Ich sage ihr, sie solle schon mal ihre Sachen packen, zähle in meinem Zimmer bis 514 oder so, komme dann niedergeschlagen zu ihr und berichte, dass ich sofort zu meiner Familie reisen werde, weil ich meiner Schwester eine Niere spenden müsse.

☹ Ich behaupte, ich hätte just per SMS ein Angebot als Foto-Model bekommen und müsse sofort zum Flughafen, um nach L.A. zu jetten. Besonders so natürliche Typen wie ich seien gerade mega gefragt.

☹ Ich sinke jetzt schluchzend auf den Fuß der Treppe und erkläre, dass ich so gerne mit ihr in den Urlaub fahren würde, aber ich sähe in ihr auch immer Arne, der mein kleines

Herz zerbrochen habe. Die scharfen Kanten des Bruchs würden noch immer schmerzen und in mir schneiden.

Ich frage mich, seit wann ich eigentlich so kitschig sein kann. Ich muss mal weniger Privatfernsehen gucken.

»Ich war noch nie in Paris«, sagt sie jetzt und staubt Wachsjacken ab. Dabei verschmiert sie diesmal den Staub. Es entstehen ganz lustige Marmormuster. »Ich wäre so gerne mal dahin gefahren, aber mein verstorbener Mann konnte nicht so mit den Franzmännern. War gar nicht gut auf die zu sprechen.«

»Wieso fahren Sie nicht mal mit Ihrem Sohn und Ihrer Schwiegertochter? So weit ist es doch nicht.«

»Die sind doch froh, wenn die mal ein paar Tage ohne mich weg können. Soll mein Sohn wirklich noch mit fast 50 Mutti mit in den Urlaub nehmen?«

»Bei uns in Köln werden von der AWO und solchen Vereinen permanent Seniorenreisen in alle möglichen Städte angeboten. Vielleicht wäre das mal eine Alternative, um einen Urlaub zu machen«, sage ich.

Wieso kümmere ich mich jetzt um die Reisepläne meiner Ex-Schwiegeroma?

»Soll ich mich in so eine Rollatoren-Polonaise einreihen? Ich bin ein einziges Mal mit einem Altentransport gefahren. In dem Bus roch es nach einer Stunde wie auf dem Bahnhofs-WC. Die tropfen einfach alle und merken es nicht. Ich mache einmal am Tag fünf Minuten meine Beckenbodenübungen und alles ist dicht.«

Ich fürchte, ich bin es nicht ganz. Wieso höre ich mir das an? Und wieso frage ich das jetzt?

»Was sind das denn für Übungen?«

»Ganz einfach. Den inneren Aufzug bis zum Bauchnabel hochziehen, ein Fünf-Mark-Stück zwischen den Pobacken festhalten. Also in der Vorstellung.«

Ich frage nicht, ob auch fünf Euro gehen, sondern versuche auf den eigentlichen Kern unserer – also ihrer – Unterhaltung zurück zu kommen.

»Ich fürchte, aus unserer gemeinsamen Urlaubsreise wird leider nichts. Wir haben ja noch nicht mal ein Auto. Und mein Rad habe ich nicht mit«, schiebe ich lächelnd hinterher. Vielleicht schmeichelt es ihr ja, wenn ich so tue, als hielte ich sie für fit genug für eine Fahrradtour.

»Ich habe ein Auto.«

»Was?«

»Ich habe ein Auto. Es steht in der Scheune. Das fährt einwandfrei. Karl-Werner und ich haben damit im Mai einen kleinen Ausflug gemacht. Ich selber fahre aber nicht mehr. Da fühle ich mich unsicher.«

Ich starre sie an. Warum bin ich so harmoniebedürftig? Warum sage ich nicht einfach »Adieu« und bin weg?

»Der hat sogar ganz schicke Ledersitze. Und ein Radio mit Kassettenteil.«

»Aha.«

Meine Mutter würde sich jetzt total freuen. Die hat auch noch solche altmodischen Kassetten. Manchmal hört sie die in der Küche. Fürchterlich.

»Kommen Sie mal mit«, sagt Oma plötzlich ganz lebendig.

Ich schleiche hinter Oma über den Hof bis zur Scheune und versuche mir nicht zu wünschen, dass sie jetzt in ihren Pantoffeln stürzt und alles hier ein natürliches Ende findet. Damit meine ich natürlich nur Krankenhaus oder so. Ich darf auf gar keinen Fall meinen ICE verpassen.

Sie öffnet die große Tür und ich stehe vor einem Ford Escort. Baujahr Anfang der 80er Jahre in orange. Die Sitze sind braun mit orangenen Nähten. Der Wagen hat ein Lenkrad, einen rostigen Auspuff, zwei Türen und gehört meiner Meinung nach in ein Museum.

»Schön, was?«

»Selten«, weiche ich aus. »Aber eine sehr gut gelaunte Farbe.«

»Das war damals total modern.«

Ich hoffe, dass nicht alles aus der Vergangenheit irgendwann wieder modern wird. Sie tätschelt den vorderen Scheinwerfer. Und dann sagt sie diesen Satz.

»Aber Sie haben Recht. Ich kann nicht weg. Hinterher macht Arne sich noch Sorgen.«

Ich bin plötzlich hellwach.

»Wieso sollte er sich sorgen?«

»Er ruft in dieser Zeit gelegentlich an, um sich zu erkundigen. Ob es mir gut geht, ob ich genug zu essen habe, ob ich mich gut unterhalte und so.«

Mit »dieser Zeit« meint sie die Zeit, in der Arne sich anderweitig vergnügt, während seine post-aktuellen Sexualpartnerinnen sich um seine Großmutter kümmern und dabei lernen, den Schwarzwald zu hassen. Dieses Arschloch. Ich finde, es ist an der Zeit, dass Arne sich mal Sorgen machen soll. Sie sollen ihn zerfressen, in der Nacht verfolgen. Er soll nicht mehr schlafen können vor Angst um seine geliebte Oma. Er soll völlig verzweifelt stündlich ihre Nummer wählen, sich von Angst zermürbt auf den Weg zum heimischen Hof machen, den er verwaist vorfinden wird.

Ich überdenke erneut meine Möglichkeiten:

- 😕 Ich kann nun lange und langweilige Wochen in Köln verbringen. Ich würde im Freibad abhängen und bei jedem Typen eine Pro-und-Kontra-Liste erstellen, die die Wahrscheinlichkeit seiner Homosexualität belegen soll.

- 😕 Ich könnte last minute alleine irgendwo hinfliegen, wo garantiert überall nur knutschende Pärchen abhängen und ich mich erwünscht wie eine Warze fühle.

- 😕 Die Alternative: Ich schnappe mir jetzt Oma und ihren Retrobomber und wir cruisen ein bisschen kreuz und quer durch Frankreich. Nur ein paar Tage. Wir knabbern ein paar Croissants, schlürfen Café au Lait, gönnen uns einen guten Wein und die französische Küche.

Vielleicht ist Umschlag C doch nicht so blöd, wie ich zunächst gedacht hatte.

»Von mir aus können wir gleich los. Ich habe schon gepackt«, höre ich neben mir. Oma grinst mich verschmitzt von der Seite an. Ihre Augen funkeln.

Eine gute Stunde später lasse ich den Motor des Fords an. Er hustet kurz, schnappt nach Luft und Benzin, verschluckt sich und schon läuft der Motor. Unser Gepäck haben wir im Kofferraum deponiert, Oma hat eine Plastiktüte mit Proviant hinter den Fahrersitz gestellt. Ich fühle mich ein bisschen wie früher, als ich noch mit Mama, Papa und Merle Familienurlaub gemacht habe. Nur, dass ich jetzt am Steuer sitze.

Wir biegen gerade das erste Mal ab, als Martha leise sagt:

»Wir müssten noch eben bei Karl-Werner vorbei. Die zweite rechts, dann sofort links.«

»Warum müssen wir das?« Muss sie sich wirklich persönlich von ihm verabschieden? Ich will jetzt nicht anhalten, ich will fahren. Ich will auf Touren kommen. Ich will, dass dieses Kaff endlich der Vergangenheit angehört.

»Er kommt auch noch mit«, eröffnet mir meine neue Reisebegleitung und legt, mit Blick auf den Spiegel in der Blende, roten Lippenstift auf.

Karl-Soundso kommt mit? Was soll das denn?

»Wissen Ihre Eltern das?«, frage ich grinsend.

»Es ist nie gut, wenn Eltern zu viel wissen. Dasselbe gilt für Kinder und Enkel«, gibt sie ganz nüchtern zurück und klappt energisch die Sonnenblende wieder hoch.

Eine halbe Stunde später liegt auch Karl-Werners schweinslederner Koffer hinten drin und es kann losgehen. Vive la France. Als ich den ersten Gang einlege, quietscht es komisch.

»Schönen Gruß vom Getriebe«, brummt Karl-Werner von hinten.

»Ja, von mir auch schöne Grüße. Willkommen in unserer Reisegruppe«, gebe ich schnippisch zurück. Aber Karl-Werner wird schon von Oma zurückgepfiffen.

»Sei doch froh, dass die Maike fährt und wir es uns hier so richtig schön gemütlich machen können«, flötet sie.

Interessanterweise haben sich die beiden Senioren gemeinsam auf der Rückbank niedergelassen, sodass ich mir ein bisschen wie eine Taxifahrerin vorkomme. Es hatte gedauert, bis die beiden sich, vorbei an den Vordersitzen, hinten auf die schmale Rückbank gequetscht hatten. Mit einem Schuhanzieher oder Vaseline wäre es schneller gegangen, aber beides hatte ich gerade nicht zur Hand.

Als wir an Freiburg vorbei kommen, bin ich ganz kurz versucht, von der Autobahn runter und zum Bahnhof zu fahren und den nächsten ICE Richtung Heimat zu nehmen. Wie lange würden die beiden wohl auf ihrer Rückbank sitzen und warten? Und: Wie kämen die ohne mich von der Rückbank? Ich kann es nicht. Es würde sich so anfühlen, als würde ich einen Hund an einer Autobahnraststätte aussetzen.

30 Kilometer später weiß ich, warum sie sich nach hinten verdrückt haben. Oma Martha und Karten-Karl halten Händchen. Ich fasse es nicht. Zwischen den beiden läuft was. Okay: Vielleicht läuft es nicht mehr, sondern geht nur. Aber immerhin. Ich habe den Rückspiegel so gestellt, dass ich genau verfolgen kann, was hinter mir auf der Rückbank so passiert. Langsam fühle ich mich wie in einem Film, der sogar auf Arte erst um 23:30 Uhr ausgestrahlt würde. Sitzengelassene Frau fährt im orangenen Ford-Escort mit zwei knutschenden Senioren Richtung Paris. Im Fernsehen wäre der schwarz-weiß und würde als finnische Originalfassung mit französischen Untertiteln gezeigt. Danach gäbe es eine Reportage über Sex im Alter, Globalisierung und die Rolle der Frau in der patriarchalischen Welt.

»Nach unserem kleinen Urlaub können Sie das Auto übrigens behalten«, sagt Oma von hinten und legt mir eine Hand auf die Schulter »Ich brauche es ja doch nicht.«

Ich habe ein Auto. Juchhu. Ich habe ein Auto. Ein eigenes Auto. In mir singt eine Stimme. Eine andere Stimme quatscht dazwischen: Du wohnst in Köln, der Stadt ohne Parkplätze. Und für jemanden, der nicht gerne Aufsehen erregt, ist ein orangener Ford-Escort nicht das richtige Fortbewegungsmittel. Ich sage der Stimme, sie soll den Mund halten. Erstens kann man das Ding bestimmt umlackieren, und zweitens ist das bestimmt eine Rarität, die mir Liebhaber und Sammler aus den Händen reißen. Mit dem Erlös werde ich mein Studium finanzieren und Arne wird sich in seinen formschönen Hintern beißen, weil er bestimmt gehofft hat, das Vehikel einmal zu erben.

»Vielen Dank. Das ist total großzügig. Ich passe auch gut auf ihn auf«, bedanke ich mich. Bei dem Gedanken an Arnes Po werde ich kurz etwas wehmütig. Der war echt knackig. Ich hatte im Scherz mal gesagt, dass ich ihn am liebsten von hinten sehen würde. Er hatte nicht darüber gelacht. Überhaupt. Arne hatte null Humor. Hinter mir kichert es. Wenn ich gleich nicht mehr alle vier Hände sehe, halte ich sofort an. Nicht, dass aus unserem Arte-Streifen noch ein Film fürs Non-Stop-Kino à la »Der Rammler von der Rückbank« wird. Und plötzlich sind wir in Frankreich. Das ging echt schnell.

»Sind wir schon über die Grenze?«, fragt Martha ganz aufgeregt.

»Sieht so aus«, knurre ich.

»Ich habe gar nicht meinen Ausweis gezeigt«, beschwert sie sich.

»Das ist jetzt Europa, Marthchen. Da gibt es keine Schlagbäume mehr und so was. Da kann man einfach von einem Land ins andere marschieren«, doziert Karl-Werner.

»Stimmt. Ich würde nur nicht von marschieren reden«, berichtige ich ihn. Irgendwie machen die beiden Oldies mir so langsam schlechte Laune. Und ein bisschen neidisch bin ich auch. Warum will niemand mehr mein Händchen halten? Ich wäre lieber mit Oma alleine als mit Oma samt Lover. Eigentlich wäre ich lieber ganz alleine. Aber diesen Moment habe ich ja offenbar verpasst.

In Mulhouse müssen wir schon die erste Rast einlegen. Unser Auto hat Durst. Martha und Karl gehen brav Richtung WC, ich versorge mich in der Tankstelle mit Schokolade. Nach dem Stopp plant das Pärchen hinten konkret den Aufenthalt in der Stadt der Liebe. Sie wollen auf jeden Fall zum Eiffelturm, auf diesen Champs Dingens, die Mona Lisa sehen und nach Montmartre. Ich höre aufmerksam zu, habe sogar das Radio abgestellt. Da wurde mir eh zu viel Französisch geredet. Ich komme in den Plänen irgendwie so gar nicht vor. Ich fühle mich benutzt und ausgebeutet. Wahrscheinlich soll ich nur die ganze Zeit diesen Fluchtwagen fahren. Ich bin hier das fünfte Rad – am Lenkrad.

Ich bin gerade in Gedanken dabei, eine Liste zu erstellen, wo ich jetzt lieber wäre (in meinem Bett, cellulitisfrei an einem Strand, am Ende meiner Bachelorarbeit), als Karl-Werner mir seine kleine schwere Hand vorsichtig auf die Schulter legt und sorgenvoll fragt, ob ich denn vor Antritt der Reise überhaupt Ölstand und Reifendruck überprüft hätte. Ich bin also Chauffeuse und Kfz-Mechanikerin in Personalunion.

»Das ist ja wohl Sache des Halters, nicht des Fahrers«, maule ich.

»Dann mache ich das sofort an der nächsten Raststätte. Ich kenne mich mit sowas aus«, kontert er.

Ich nicke nur. Ich vermute, dieses Auto verfügt auch nicht über einen Erste-Hilfe-Kasten samt Aludecke und Aids-Handschuhen. Ich sage das besser nicht. Karl-Werner würde das Auto vielleicht stilllegen wollen und wir müssten unseren Urlaub an einer Raststätte im französischen Niemandsland verbringen. Nachdem Karl-Werner sich beim nächsten Halt aus dem Auto geschält hat – es sieht echt so aus, als wäre er nicht eingestiegen, sondern hätte sich den Wagen übergestülpt – bekomme ich es wieder mit seiner feisten Hand zu tun, die er mir wieder auf die Schulter legt.

»Danke übrigens, dass du mich und Martha zu dieser spontanen Reise mitnimmst. Das ist wirklich mal eine schöne Abwechslung.«

»Das finde ich auch«, ruft Martha von der Rückbank und hält einen Daumen hoch.

»Ich bin übrigens der Karl-Werner«, sagt er zwinkernd. Ich darf ihn also duzen. Super.

»Ich bin die Maike«, antworte ich brav. Wir schütteln uns die Hand. Ich frage mich, seit wann man ‹der› Karl-Werner oder ‹die› Maike ist? Aus dem Auto tönt ein dumpfes »Und ich bin die Martha!« nach draußen. Ich nicke Oma zu. In meiner Nachbarschaft wohnte ein Mädchen, von der ich ewig lang dachte, dass sie Diana heißt. Es war aber die Jana.

Ich beobachte, wie Karl-Werner den Luftdruck überprüft. Der Mann sieht eher aus wie ‹Karl, der Käfer›. Er ist recht klein, aber extrem kompakt. Ich wäre nicht erstaunt, wenn er gleich kleine Stummelflügelchen ausfahren würde und summend verschwände. Er macht seinen Job extrem gewissenhaft und ich lasse, ans Auto gelehnt, gelangweilt meinen Blick schweifen. Er bleibt hängen an jemandem, der mich an eine Schildkröte erinnert. An der Ausfahrt des Parkplatzes steht ein schmales Wesen mit einem großen Rucksack. Wenn das Wesen jetzt auf den Rücken fällt, wird es aus eigener Kraft nie wieder hochkommen. Ich gucke genauer hin. Das Wesen scheint männlich zu sein und hält, genau wie Martha eben, den Daumen nach oben. Als ich plötzlich das Schild ‹Paris› sehe, ist die Sache beschlossen. Wenn Oma und der Käfer sich hinten vergnügen, will ich nicht alleine vorne sitzen. Ich möchte auch jemanden an meiner Seite. Nicht zum Grabschen natürlich. Das mache ich niemals, wenn ich am Steuer sitze. Einer von vielen Ratschlägen meines Fahrlehrers in Fahrstunde 34 oder 35 oder so. Ich schlendere auf den Rucksack-Träger zu und versuche ihn einzuschätzen.

Sieht so ein Triebtäter, Trickdieb aus? Ist das Wesen wohl psychotisch, neurotisch oder neigt er zu stundenlangen Monologen über die Gesteinsschichten in den französischen Vogesen? Ich finde, der Typ sieht spannend aus. Frisurtechnisch erinnert er mich an Boris Johnson. Steht ihm aber deutlich besser. Als er mich registriert und mir in die Augen guckt, stehe ich auf einem Drei-Meter-Brett im Freibad und sehe nur *Blau*. Außerdem kribbelt es. Er lächelt und hat auf der linken Wange ein Grübchen. Wenn er nicht mit uns fahren will, trampe ich mit ihm an das Ende der Welt. Soll Martha ihren Escort doch behalten.

»Du willst nach Paris? Bei uns wäre noch ein Platz frei«, sage ich ganz sachlich.

Er nickt und mustert mich. Ich hätte ein bisschen mehr Dankbarkeit erwartet.

»Das ist nett«, sagt er endlich. »Wo steht denn dein Auto?«

»Es ist das orangene Retromodell.«

»Oh«, äußert er nur.

Er hält mir seine (ringlose) Hand hin. »Ich bin Niko.«

»Ich bin Maike. Auf der Rückbank sitzen Martha und Karl-Werner«, stelle ich kurz vor.

Da der Kofferraum schon voll ist, muss Niko seinen Rucksack neben den Beinen verstauen. Ich glaube, das ist nicht sonderlich bequem. Aber er beschwert sich nicht. Er sagt einfach nichts. Während hinten heiter geplaudert wird, ist vorne absolute Funkstille. Nach 30 Kilometern würde ich jegliches Gesprächsthema dankbar aufgreifen. Von mir aus auch Gesteinsschichten.

Bei Kilometer 47 frage ich: »Bist du beruflich unterwegs nach Paris?«

Natürlich weiß ich, dass er das nicht ist. Wer trampt schon beruflich und dass dieser Niko noch nicht im harten Berufsleben angekommen ist, liegt auf der Hand.

»Nein, ich treffe mich dort mit einer Freundin.«

War klar. Dann liefere ich ihn erst bei seiner kleinen Französin ab, ehe ich Martha und ihren Käfer ins Hotel l'amour fahre und mich selber dem Absturz hingebe.

»Also, ich treffe mich mit einer Frau.«

Ich gucke ihn kurz von der Seite an.

»Eine Frau, die noch nicht deine Freundin ist oder eine Freundin, die eher Freund als Frau ist?«

Er überlegt.

»Erste Möglichkeit«, sagt er schließlich.

Es beginnt spannend zu werden.

»Und woher kennst du diese Frau? Ich will jetzt nicht zu neugierig erscheinen. Aber dieses Autoradio hält keinen deutschsprachigen Sender, und Kassetten habe ich gerade nicht dabei. Ich würde mich einfach gerne ein bisschen unterhalten. Ich will dich gar nicht verhören.«

Er grinst.

»Verstehe. Ich kenne sie aus dem Internet. Wir chatten seit mehreren Monaten.«

Ich verdrehe die Augen. Muss ich alles aus ihm rausquetschen? Spielt er jetzt die fast-leere-Mayonnaise-Tube?

»Du kannst ruhig ein bisschen ausführlicher werden. Ich kann hier eh gerade nicht weg und habe nichts Besseres zu tun.«

Ich kann aus den Augenwinkeln erkennen, dass er wirklich überlegt. Ihm scheint aber nichts Berichtenswertes einzufallen. Ich hätte da schon ein paar Fragen:

☹ Wie sieht die Frau aus, für die Niko sich erstens einen 70-Kilo-Rucksack auf die schmalen Schultern spannt und sich zweitens damit in die Abgase vorbeifahrender Autos stellt?

- ☹ Hat man Cybersex, wenn man sich im Internet kennenlernt und wie stöhnt man dann? Man kann ja schlecht »STÖHN« tippen, oder?

- ☹ Mit welchem Namen hat Niko sich im Chat vorgestellt? Und: Was für ein Foto hat er ausgewählt oder wird das gar ein Blind-Date?

- ☹ Wo schlafen sie?

- ☹ Kann ich da wohl auch pennen?

»Woher kommst du?«, frage ich, um mal unverfänglich fortzufahren.

»Aus Norddeutschland. Eigentlich. Zurzeit studiere ich in Frankfurt.«

»Und da trampst du über Mulhouse nach Paris?«

Das weiß ja sogar ich, trotz vorzeitiger Abwahl von Geographie, dass das ein kleiner Umweg ist.

»Wir wollten uns eigentlich am Bodensee treffen, weil Lilly da so einen Kurs gemacht hat. Den hat sie aber kurzerhand geschmissen, weil da nur Idioten waren. Sie ist kurzfristig nach Paris gefahren.«

Ich finde Lilly jetzt schon doof.

»Sie wollte mit ein paar Leuten einen Kurzfilm drehen. Lilly studiert Film mit Schwerpunkt Regie. Sie ist unheimlich kreativ. Aber das Setting hat wohl irgendwie nicht gepasst.«

Ich hasse Menschen, die »unheimlich kreativ« sind. Meist sind die nur unpünktlich und unheimlich chaotisch. Und wenn sie vergessen, auf dem Klo abzuziehen, ist das gleich Gegenwartskunst. Bah.

»Was denn für ein Setting?«, hake ich nach.

»Habe ich ehrlich gesagt auch nicht verstanden. Lilly hat nur gesagt, dass ihr da zu viele ‹bad vibrations› gewesen seien«, gibt Niko zu.

Von hinten zieht plötzlich eine unangenehme Duftwolke zu uns. Ich gucke panisch in den Rückspiegel. Tatsächlich. Oma und ihr Käfer pellen sich hinten hartgekochte Eier. In einem geschlossenen Raum von ungefähr zwei Kubikmetern! Ich suche verzweifelt den Knopf, um das Fenster runterzulassen, stelle fest, dass das hier noch mechanisch per Kurbel geht. Zu viel Elektrik macht Autos ja auch nur störanfällig.

»Es zieht«, höre ich von hinten.

»Es stinkt«, brülle ich vorne.

»Ich muss mal«, mischt Niko sich ein.

Was muss er? Pipi? Brechen? Abhauen?

Ich halte am nächsten Waldparkplatz. Niko verschwindet zwischen ein paar Bäumen, Martha und Karl machen es sich auf einer süßen Betonsitzgruppe bequem. Oma reicht Apfelschnitze und belegte Brote. Dazu gibt es Pfefferminztee aus einer Thermoskanne. Wenn wir weiter so oft Pause machen, dauert unsere Reise länger als die Fahrt ‹Paris-Dakar›.

Als wir endlich wieder alle im Auto verstaut sind und ich es mit Mühe geschafft habe, vor einem Lkw einzufädeln – ich fürchte, wir sind ein bisschen überladen – nehme ich das Gespräch mit Niko wieder auf.

»Was studierst du denn in Frankfurt?«

»Medizin.«

Wieso bin ich jetzt beeindruckt? Wieso finde ich, dass das intelligent und bewundernswert klingt? Nur, weil mein Abi-Schnitt dafür niemals gereicht hätte?

Wieso habe ich vor Ärzten immer so eine Demutshaltung?

»Und was willst du damit mal machen? Schönheitsoperationen? Herzverpflanzungen?«

»Sie sind Arzt?«, tönt Karl-Werner von hinten.

»Noch nicht«, beschwichtigt Niko ihn.

Das hat Karl-Werner nicht gehört oder ignoriert es willentlich.

»Dann können Sie sich mal meine Knie ansehen. Da habe ich seit Jahren Last mit.«

Ich gucke panisch in den Rückspiegel. Nicht, dass der alte Mann sich spontan untenrum frei macht.

»Mit orthopädischen Problemen kenne ich mich gar nicht aus. Das kommt erst später«, räumt Niko ein. Dabei wissen wir wohl beide, warum Karl-Werners Knie schmerzen. Auf ihnen liegt eine ziemliche Last in Form eines ansehnlichen Bauches. Kein Wunder, dass seine Knie da in die selbigen gehen.

»Schwimmen soll bei überstrapazierten Knochen immer gut sein«, mische ich mich ein.

»Schwimmen?«, fragt Karl-Werner in einem Tonfall zurück, als hätte ich ihm »Bauchtanz« vorgeschlagen.

»Ich vermute ja eher, dass es der Meniskus ist. Sport ist einfach für die Gelenke und Bänder nicht gut«, beteiligt sich Martha jetzt am Gespräch. Ich wusste nicht, dass sie medizinisch vorgebildet ist.

»Sport?«, frage ich vorsichtig zurück. Was für ein Sportler soll sich denn bitte in Karlchen verstecken?

»Der Karl-Werner ist immerhin seit 25 Jahren in unserem Kegelclub. Vor zwei Monaten hat er den großen Frühstückskorb dafür bekommen. Nur der Friedhelm ist noch länger dabei«, antwortet Martha.

Niko und ich gucken uns kurz an und grinsen. Auf der Rückbank entbrennt ein Streit darüber, ob der Friedhelm wirklich noch länger im Kegelclub ‹Pudelwohl› sei. Karl-Werner weist darauf hin, dass Friedhelm immerhin zwei Jahre lang nur passives Mitglied gewesen sei, wegen eines Bandscheibenvorfalls.

»Also. Was für ein Arzt willst du werden?«, wiederhole ich meine Frage.

»Ich bin mir noch nicht ganz sicher. Entweder Frauenarzt oder ich gehe in die Rechtsmedizin.«

Mir rutscht kurzfristig der Fuß vom Gaspedal. Der Lkw hinter uns hupt laut. Niko interessiert sich also für Frauen und Leichen. Ich würde gerne spontan das Thema wechseln. Doch plötzlich redet er auch ungefragt weiter.

»Eigentlich rede ich nicht so gerne über Krankheiten und Schmerzen. Und in der Forensik ist man da ja relativ fein raus. Und als Frauenarzt geht es ja meist um Schwangerschaften und Geburten und so. Schwangere Frauen sind die einzigen Patienten, die nicht mit einer Krankheit ins Krankenhaus kommen. Hast du da schon mal drüber nachgedacht? Die haben einen guten Grund, sich zu freuen, wenn sie ins Krankenhaus kommen. Das ist doch total schön. Da geht man doch auch gleich gerne zur Arbeit, oder?«

Ich sage ihm nicht, dass Frauen auch zum Frauenarzt oder ins Krankenhaus gehen, weil sie ansteckende Geschlechtskrankheiten haben. Oder einen Knoten in der hängenden Brust. Oder Geschwüre an den Eierstöcken. Ich sage ihm auch nicht, dass nicht jede Schwangerschaft auf ungetrübte Freude trifft.

»Du möchtest dich also entweder mit dem just eingetretenen Tod oder dem just begonnenen Leben beschäftigen«, fasse ich zusammen.

Er guckt mich erstaunt von der Seite an.

»Genau. Das hast du super formuliert«, freut er sich richtig niedlich.

»Wie nennst du dich eigentlich in dem Chatraum, in dem du deine Lilly kennengelernt hast?«, wechsle ich das Thema. Ich habe mal gelesen, dass die Leute sich da die bescheuertsten Namen geben.

»Garp.«

»Wie das Buch von John Irving?«, frage ich erstaunt zurück.

»Genau. Kennst du das?«

»Und wie! Ich habe das bestimmt schon drei Mal gelesen. Ich liebe es«, freue ich mich.

Er nickt. »Bis auf diese eine Stelle.«

Ich weiß genau, welche er meint: Die Frau der Hauptfigur bläst ihrem Lover zum Abschied einen im Auto, als der Mann mit seinem Wagen in das Auto der Frau rast, weil das ohne Licht in der Hauseinfahrt steht. Ein Sohn stirbt. Ein anderer verliert ein Auge.

Ich finde es absolut befremdlich, neben Niko zu sitzen und an Oralverkehr zu denken und zu wissen, dass er es auch gerade tut.

»Kennst du auch die anderen?«, lenke ich ab.

»Alle. Und du?«

»Auch alle. Ich liebe sie. Mein Lieblingsbuch von ihm ist aber ‹Owen Meany›.«

»Stimmt. Das war auch super. Ich habe von einem dreiwöchigen Italienurlaub einfach nichts mitbekommen, weil ich die ganze Zeit gelesen habe.«

Wann habe ich mich das letzte Mal über Bücher unterhalten? Und das mit einem Mann?

»Lilly heißt Luder-Lillifee.«

»Wie bitte?«

»Das ist ihr Chat-Name.«

Ach du Scheiße. Luder-Lillifee. Die gute Lilly will als heilige Hure punkten. Ganz alte Masche. Auf verrucht und niedlich machen. Eine süße kleine Lolita. Bah. Ich mag Lilly nicht. Wahrscheinlich heißt sie ja auch gar nicht Lilly. Sondern eher Michaela oder Andrea oder sowas Langweiliges.

»Und wer hat wen angesprochen? Wolltest du das Luder kennenlernen oder steht deine Lilly auch auf Irving?«

»Sie hat zu so einem Flashmob aufgerufen. Alle sollten Bücher von einem Bekannten von ihr in Buchhandlungen bestellen und dann nicht abholen. So sollten die Bücher wenigstens schon mal in die Regale der Buchhandlungen gelangen.«

»Keine doofe Idee.«

»Ich hab das auch gemacht und mir das Buch hinterher mal angeguckt. Das war moderne Lyrik. Damit hat man es wohl eh schwer.«

»Moderne Lyrik? Das heißt, dass sich die Gedichte nicht mehr reimen müssen?«

»Genau. Ich habe sie aber nicht verstanden.«

»Um was geht es denn da so?«

Er zückt sein Handy, blättert durch seine Fotos und wird schließlich fündig.

»Ich habe eins mal fotografiert. Ich dachte, vielleicht raffe ich es später.«

Er holt tief Luft und fängt an:

»Sehe Regen und Rotbrüstchen. Höre und hege Grollen. Rieche Spülmittel und Freiheit.«

»Das muss doch noch weitergehen, oder?«, frage ich nach einer Pause.

»Das war das ganze Gedicht.«

»Die Gedichte, die wir früher auswendig lernen mussten, waren irgendwie länger.«

»Ich fand es auf jeden Fall süß, dass Lilly das für ihren Bekannten gemacht hat. Sie wollte ihm halt helfen. Für die Gedichte kann sie ja nichts.«

»Auf jeden Fall süß«, bestätige ich nickend.

Plötzlich zerreißt ein Schuss mein Trommelfell. Ich reiße panisch das Lenkrad nach rechts, trete gleichzeitig auf die Bremse. Ein Auto, das gerade noch hinter uns war, schießt hupend auf der linken Spur an uns vorbei. Niko greift ins Lenkrad, bringt uns wieder auf die Fahrbahn.

»Was war das?«, brülle ich.

»Entschuldigung«, kommt von der Rückbank.

»Karl-Werner, hast du dein Jagdgewehr dabei, oder was?«, schreie ich in den Rückspiegel.

»Wir haben uns einen Sekt aufgemacht. Ich wusste auch nicht, dass das so knallt«, höre ich eine zerknirschte Martha. »Und so klebt«, fügt sie noch hinzu.

Mein Puls ist auf 180. Meine Knie zittern.

»Soll ich gleich mal fahren?«, bietet Niko an. Wohl mehr aus Sorge um seine eigene Unversehrtheit als um mein Befinden. Auch egal.

»Gute Idee.«

Als ich fünf Kilometer später mit seinem XXL-Rucksack auf der Beifahrerseite sitze, habe ich erstmals Gelegenheit, Niko noch etwas genauer anzusehen. Im ersten Moment wirkt er, wie das Modell

‹Freund zum Pferde stehlen›. Obwohl ich mich schon mehrfach gefragt habe, woher dieser Spruch überhaupt kommt. Was macht man mit einem gestohlenen Gaul? Und wieso spricht das für jemanden, wenn der bereit wäre, bei einer kriminellen Handlung mitzumachen? Auf den zweiten Blick wird er interessanter. Allein dieses Grübchen...

»Vielleicht solltest du Kinderarzt werden«, schlage ich ihm unvermittelt vor. Kam mir gerade so in den Sinn. Er guckt mich kurz an.

»Das habe ich schon öfter gehört. Ist das eigentlich eine Beleidigung? Sei ehrlich.«

»Gar nicht. Du würdest den Kindern keine Angst machen. Das ist schon viel wert.«

»Du willst sagen, dass ich keine Autorität habe.«

Stimmt. Das meinte ich eigentlich. Aber sagen wollte ich das auf gar keinen Fall.

»Du hast einfach so was Ehrliches an dir«, sage ich vorsichtig.

»‹Ehrlich›? Das klingt total spießig. ‹Ehrlich› klingt wie durchsichtig, korrekt und immer pünktlich. Das klingt nach Steuerberater. Das ist genau das, was ein Typ auf dem Weg zu einem Date hören will«, lacht er.

Er hat eine Zahnlücke zwischen den Schneidezähnen. Unten. Das habe ich noch nie gesehen. Ob er dadurch pfeifen kann? Seine Art, wie er immer wieder die Haare aus der Stirn streicht, erinnert mich an meinen allerersten Freund. Diese Geste fand ich immer wieder total gut. Leider hat der beim Händchenhalten immer mit einem Finger innen in meiner Handfläche rumgezuckt. Das hat mich wahnsinnig gemacht. Ich widerstehe der Versuchung und frage

Niko nicht, ob er mal ganz kurz mit mir Händchen halten will.

Hinter uns üben sich Martha und Karl in französischer Konversation. Der Sekt in ihren Adern verleitet sie zu vielen oh-là-làs. Außerdem üben sie für die Bar und bestellen ein ‹l'eau et un vino rouge›. Ich verrate ihnen nicht, dass ‹vino› italienisch ist. Ich will ihnen ihre Laune nicht nehmen.

Aus Neugierde öffne ich das Handschuhfach und finde zwei Kassetten. Deutsche Schlager 1985 und 1986. Ich schiebe eine in das Fach und mit voller Lautstärke brüllt jemand »Resi, ich hol' dich mit meinem Traktor ab.« Ich schalte sofort wieder aus.

»Lass das, lass das bitte laufen«, fordert Martha von hinten. »Das hat mein Mann immer für mich gesungen.«

»Dann möchte ich das nicht hören«, brummt Karl-Werner beleidigt.

»Sorry, Martha. Den Traktor-Song musst du mal alleine hören.«

Ich wende mich wieder Niko zu.

»Wann und wo triffst du dich denn mit deiner Lillifee?«

»Sie wollte mir noch simsen, wann sie wo ist. Ich wusste ja nicht, wann ich ankomme. Konnte ja nicht ahnen, dass ich einen Shuttle direkt nach Paris bekomme.«

Meine Tasche piepst und verrät, dass ich eine neue SMS habe. Merle teilt mir mit, dass sie von ihrer eigenen Unlike-Listen-Idee total angetan sei. Man könne ja alles vermerken, was man blöd und doof und überflüssig finde. Kapern zum Beispiel oder Rosé-Wein und erst recht jede Form des Castings. Ich wundere mich nicht. Merle weiß seit jeher eigentlich immer nur, was sie nicht will. Sie lebt nach dem Ausschlussverfahren. Alles, was sie aus moralischen, finanziellen, intellektuellen, modischen oder auch ethischen Gründen *nicht* ablehnt, gehört zu ihrer Realität.

Hinter mir fängt es an zu jodeln, worauf Martha hektisch anfängt, in ihrer Handtasche zu kramen. Diese gesungenen Juchzer scheinen der Klingelton ihres Handys zu sein. Wo kann man sich wohl so was runterladen? Meine Hände werden feucht. Vielleicht ist das ja Arne, der seit Stunden versucht, sein Großmütterchen zu Hause zu erreichen. Ich würde so gerne sein Gesicht sehen, wenn er erfährt, dass seine hysterische Ex-Freundin seine Oma samt Geliebtem nach Frankreich entführt.

Schon nach den ersten Worten ist mir klar, dass leider nicht Arne am anderen Ende ist. Martha gibt offenbar irgendein Marmeladen-Rezept weiter. Nachdem sie sich mit »Stell mir ein paar Gläser auf die Terrasse« verabschiedet hat, erkundige ich mich mal vorsichtig.

»Wie oft meldet Arne sich eigentlich telefonisch in seiner emotionalen sommerlichen Selbstfindungsphase?«

»Das ist unterschiedlich. So zwei bis drei Mal.«

Toll. Es kann also sein, dass Arne noch nicht mal ahnt, dass Oma in ‹meiner Gewalt› ist.

»Wer ist Arne?«, kommt es plötzlich von der Fahrerseite.

Oma ist leider schneller als ich.

»Das ist mein Enkel. Er hat die Maike sitzen gelassen. Bei uns auf dem Hof.«

Ich hätte das ja anders formuliert.

»Habt ihr euch bei ‹Bauer sucht Frau› kennengelernt?«

»Nein. Der gute Enkel von Martha bringt jedes Jahr seine Freundin aus Köln, wo er studiert, zu Großmutter in den letzten Winkel des Schwarzwalds. Dann geht er selber jeweils auf einen Surf-Selbstfindungstrip. Die jeweilige Freundin kümmert sich brav um Oma und Obstgarten, und wenn sie lange genug bleibt, nimmt der Enkel sie auf dem Rückweg nach Köln wieder mit«, kläre ich ihn auf.

»Seit wann macht er das eigentlich?«, frage ich nach hinten.

»Seitdem er studiert. Ist doch klar«, antwortet Martha seelenruhig.

»Und du bist das neueste Modell?«, fragt Niko erstaunt.

Ich nicke nur.

»Krass. Was für ein Arschloch. Aber irgendwie auch eine schlaue Lösung.«

»Danke. Wenn ich mich schon in ein Arschloch verliebe, dann wenigstens in ein intelligentes.«

»Aber warum genau bist du jetzt mit seiner Oma und ihrem Karl-Werner unterwegs?«, fragt er leise nach.

»Das frage ich mich auch«, flüstere ich zurück.

Und das stimmt. Seitdem wir losgefahren sind, hämmert immer wieder konstant diese Frage von innen an mein Ohr: »Was tue ich hier?«

Ich fühle mich wie in einem Film, dessen Regisseur kurzfristig abhanden gekommen ist. Nun müssen alle improvisieren. Das war nie meine Stärke. Lisa musste in der Neunten mal einen Aufsatz vorlesen, den sie gar nicht geschrieben hatte. Sie hob einfach das Heft hoch, schlug irgendwo auf und las von den leeren Seiten einen imaginären Aufsatz vor. Das hätte ich nie gekonnt. Ob Lisa wohl schon wieder feste Nahrung zu sich nehmen kann? Ob ich Lisa mal ein Foto von Niko schicken sollte, um eine zweite Meinung zu dem Typen einzuholen? Irgendwie finde ich ihn ganz gut. Seine Frisur regt zum Wuscheln an.

»Dijon. Dijon. Da kommt der Senf her«, ruft Martha plötzlich von hinten. Sie hat recht. Die nächste Ausfahrt geht nach Dijon.

»Da müssen wir hin. Da gibt es auch hervorragenden Burgunder«, schwärmt Karl-Werner.

Niko zuckt mit den Schultern.

»Ich habe noch Zeit für einen kleinen Umweg«, meint er. Mir persönlich ist es völlig egal, in welcher Gegend ich jetzt keinen Urlaub mache.

»Setz den Blinker«, sage ich Niko. Er steuert erstaunlich souverän durch den französischen Feierabendverkehr, schafft es, den Ford ohne Schramme durch mehrere Kreisverkehre zu manövrieren und parkt irgendwann schwungvoll ein. Krachend strecken Oma und Karl-Werner ihre Beine und Arme aus. Wir gehen einfach mal los und sind noch keine zehn Minuten unterwegs, als wir vor einer riesigen Kirche stehen.

»Was für eine Kathedrale«, zeigen sich Oma und Karlchen beeindruckt. »Die müssen wir auf jeden Fall besichtigen. Vielleicht gibt es ja sogar Führungen«, hofft Martha.

»Am besten treffen wir uns in zwei Stunden wieder hier«, schlägt Niko vor. »Dann können Sie in aller Ruhe die Kathedrale und die Stadt erkunden.«

»Danke«, flüstere ich, als unser Seniorenpaar abgezogen ist.

Wir lassen uns im nächsten Straßencafé nieder und ich schließe die Augen. Ganz langsam geht mein Puls runter. Es ist Sommer. Ich sitze in der warmen Nachmittagssonne irgendwo in Frankreich und höre, wie mein Begleiter zwei Café au lait ordert. Es gibt schlimmere Momente im Leben. Bis die Kellnerin zurück ist, schweigen wir und es ist gar nicht schlimm oder peinlich.

Als Niko zum WC geht, nutze ich die Gelegenheit und schicke Lisa erstmal eine Sprachnachricht: »Hoffe, es geht dir besser als mir. Bin gerade mit meiner Ex-Schwiegeroma, ihrem Lustmolch und einem angehenden Frauenarzt in der französischen Diaspora unterwegs, und zwar in einem orangenen Fast-Oldtimer. Also alles wie immer. Ciao Süße«.

»So ganz habe ich noch nicht verstanden, warum du jetzt mit Arnes Omi und ihrem Mr. Lover unterwegs bist«, sagt Niko neugierig, als er zurück ist.

»Ich fürchte, das war eine spontane Übersprungshandlung. Und von Mr. Lover war eigentlich überhaupt keine Rede. Der war genauso plötzlich mit von der Partie wie du. Natürlich wollte ich sofort abhauen, als klar war, was für eine miese Nummer mein Ex da abzieht. Und Martha wollte sofort mit. Bis ihr eingefallen ist, dass sie ja nicht weg könne, weil Arne sich Sorgen machen würde, wenn sie nicht zu Hause wäre. Den Rest kannst du dir denken.«

»Der arme Arne soll also richtig doll Angst bekommen«, stellt Niko fest.

»Er soll sich vor Angst an den Fußnägeln kauen.«

Niko lacht laut und nimmt einen Schluck von seinem Milchkaffee.

»Ich glaube, du hast dich ein ganz klein bisschen wie Thelma und Louise gefühlt, als ich da an der Straße stand, oder? Der kam doch letzte Woche zum x-ten Mal im Fernsehen«, grinst er anschließend.

»Woher kennst du solche Schinken?«, will ich natürlich wissen.

»Den musste ich mit meiner Mutter im Kino gucken. Sie wollte nicht alleine gehen. Dafür gab es hinterher noch einen Döner«, lacht Niko.

»Du weißt schon, dass dieser trampende Mann von Brad Pitt gespielt wurde, oder? Du hast deiner Lilly hoffentlich nicht gesagt, dass du als Doppelgänger von Brad Pitt durchgehen würdest«, antworte ich lachend.

»Um Enttäuschungen vorzubeugen, hat sie ein Foto von mir«, erklärt er.

»Und du eins von ihr?«

»Eigentlich habe ich viele, allerdings weiß ich trotzdem nicht so genau, wie sie aussieht. Sie verkleidet sich gerne, mal als Pippi Langstrumpf, dann schminkt sie sich wie ein Unfallopfer. Auf der Straße würde ich sie nicht erkennen.«

»Ich hoffe nur für dich, dass das Unfallbild wirklich Verkleidung war«, sage ich trocken.

Niko lehnt sich zurück.

»Ach, ich glaube, in Wirklichkeit ist sie ein ganz normales Mädchen. Wie du.«

Ist das ein Kompliment?

Möchte ich ein ganz normales Mädchen sein?

Und was bedeutet so etwas aus dem Mund eines Medizinstudenten, der Krankheiten hasst? Was ist für den wohl normal? Ich beschließe, nicht weiter darüber nachzudenken und schließe wieder die Augen.

Bis ein Reisebus quasi direkt vor uns hält und eine Menschenmasse erbricht, die offenbar von C&A-Sportswear eingekleidet wurde. Leider findet ein Großteil des Touristenmobs, dass unser Café doch hübsch für eine kleine Pause sei. Wieso müssen die schon wieder sitzen? Wollen die sich nicht mal die Stadt anschauen? Es gibt hier immerhin eine prachtvolle Kathedrale. Um uns herum werden – auch noch auf sächsisch – Pläne für den Tag geschmiedet. Alle sitzen hier und schauen sich in ihren Reiseführern mit Insider-Tipps an, wie schön die Stadt doch ist. Niko und ich grinsen uns an. Gemeinsam lauschen wir den Unterhaltungen und amüsieren uns prächtig. Endlich mal ein Typ, der ab und zu auch lieber den Gesprächen am Nachbartisch folgt, als sich mühsam eigene auszudenken.

Als wir Martha und Karl wiedertreffen, strahlen beide. Karl hat sich ein kariertes Halstuch gekauft und Oma hält mir zwei Gläser Senf entgegen. Ich lese sofort die kleine Aufschrift ‹Made in Germany›. Ich sage es ihr nicht. Warum auch?

Zwanzig Minuten später – wir sind wieder unterwegs – würde ich ihr gerne ganz andere Gemeinheiten an den Kopf knallen als nur die, dass sie zu blöd ist, in Dijon auch Senf aus Dijon zu kaufen. Martha hat einen Würfelbecher aus den Tiefen ihrer riesigen Handtasche gezaubert und in aller Seelenruhe angefangen, mit Karlchen zu kniffeln. Das ständige Klack-Klack-Klack der Würfel auf der Plastik-Mittellehne geht für mich als akustische Foltermethode durch. Leider sitze ich wieder hinterm Steuer, sonst hätte ich ihr schon längst einen Würfel geklaut. Es würde mich nicht wundern, wenn Karl gleich seine mechanische Schreibmaschine und einen Stapel DIN-A4-Bögen aus seiner Manteltasche holt und anfängt, ein Reisetagebuch in die Tasten zu hauen.

»Wenn die gleich die Karten zücken und mit Strippoker anfangen, lässt du mich auf dem nächsten Rastplatz raus«, flüstert Niko mir zu. Doch dazu kommt es nicht. Denn Marthas Handy klingelt wieder. Und schon als Martha sagt »Da kannst du mich auch nicht erreichen. Ich bin nämlich nicht zu Hause.«, weiß ich: Es ist Arne. Jetzt wird es spannend. Ich lehne mich so weit zurück, wie es irgendwie geht, um trotzdem das Lenkrad noch halten zu können.

»Ich bin in Frankreich«, antwortet Martha endlich. Als sie »Mit Maike« hinterher schiebt, wird es am anderen Ende offenbar laut. Sie hält sich das Telefon weg vom Ohr. Schließlich bequemt sie sich doch zu einer längeren Erklärung. »Uns war einfach langweilig. Du machst ja auch Urlaub. Wir sind ja nur ein paar Tage unterwegs.«

Offenbar hat Arne Schwierigkeiten mit der Vorstellung, dass Oma gerade in Frankreich unterwegs ist. Zwei Mal noch muss sie wiederholen: »Ja, mit *deiner* Maike«. Diese Vorstellung findet Arne wohl noch abstruser. Als Martha mir das Handy nach vorne hält mit den Worten »Arne will mit dir reden«, zucke ich zusammen.

»Sag ihm, dass ich ohne In-Ears während der Fahrt nicht sprechen darf«, antworte ich süffisant. Arne wird rasend vor Wut sein. Ich hatte mir solche Ohrstöpsel nämlich zu meinem Geburtstag vor ein paar Wochen gewünscht. Mit den Worten »Es wäre besser, du konzentrierst dich beim Autofahren ganz auf den Verkehr. Du wirkst da manchmal etwas unsicher.« hatte ich ein Glätteisen für meine Haare bekommen. Rache schmeckt besser als ein Sekt-Sorbet im Sommer. Martha vertieft sich wieder in das recht einseitige Gespräch. Offenbar ist Arne nicht einverstanden mit Omas Ausflug und Oma wird trotzig. Irgendwann verabschiedet sie sich hochnäsig mit »Ich melde mich wieder bei dir.« Es klingt nach »Don't call us. We'll call you.« Herrlich. Arne wird stinkwütend sein. Und so langsam Angst bekommen, dass sein wunderschöner Plan in diesem Sommer nicht funktioniert.

Ich warte fünf lange Kilometer lang. Dann halte ich es nicht mehr aus.

»Und? Was hat er gesagt?«

»Große Straße«, jubelt Martha.

»Martha! Was hat Arne gesagt?«

»Arne? Ach, nichts Wichtiges.«

»Und was hat er Unwichtiges gesagt?«

»Dass ich mich anschnallen soll, weil du so komisch Auto fahren würdest.«

Ich registriere, dass Niko blitzschnell aus dem Seitenfenster rausguckt. Bestimmt, damit ich sein Grinsen nicht sehe.

Wieso meinen eigentlich alle hier, sich über mich lustig machen zu dürfen?

Mein Handy behauptet, dass wir in gut zwei Stunden Paris erreichen werden.

»Martha, wo wollt ihr eigentlich ganz genau hin, du und Karl-Werner?«

»Du kannst einfach zu einer netten kleinen Pension direkt in der Innenstadt fahren. Aus Kostengründen können wir ja vielleicht ein Drei-Bett-Zimmer nehmen.«

Niko kann nicht mehr an sich halten und prustet so, dass sein Seitenfenster beschlägt.

Ich warte, bis er fertig ist.

»Meinst du, ich kann einfach mit dir kommen und du erklärst Lilly, dass ich deine Bewährungshelferin, paranoide Zwillingsschwester oder deine Biografin bin? Das dürfte doch eigentlich kein Problem sein, oder? Unheimlich kreative Personen sind doch immer so flexibel.«

Bei der nächsten Pipipause – Karl-Werners Blase ist offenbar so groß wie eine Espressotasse – mache ich heimlich ein leider etwas verwackeltes Foto von Niko und schicke es Lisa. Ich bin so auf ihre Reaktion gespannt.

Paris 59 Kilometer. Das Schild deprimiert mich irgendwie. Gleich wird Niko irgendwo aussteigen und ich muss mit dem grauen Duo im Ford alleine weiterfahren. Irgendwo – wahrscheinlich an einer Strandbar – sitzt ein Arne, der wütend auf mich ist, aber ansonsten nichts zu unternehmen gedenkt. Außer, sich vielleicht von einer prallen Blondine noch ein Bier ausgeben zu lassen. Was mache ich jetzt? Wie lange muss ich mit Martha und Karl in Paris bleiben, damit die Tour nicht als ‹abgebrochen› gilt? Und was mache ich mit dem Rest des Urlaubs? Es dauert noch, bis das Semester anfängt. Ich hätte mich echt um ein Praktikum bemühen müssen. Ich könnte:

- Den Ford selber neu lackieren und meine Wohnung nach Feng-Shui einrichten.
- Überall in Arnes Stammkneipen in Köln erzählen, Arne habe sich eine unangenehme Geschlechtskrankheit zugezogen oder vielleicht noch besser: Er habe sich im Schwarzwald in eine ehemalige Mitschülerin verliebt, die Karriere als Züchterin einer seltenen Rinderrasse gemacht hat, und werde demnächst mit ihr den Schlachthof des Vaters weiterführen.
- Ich investiere die restliche Urlaubszeit in meine Bücher, werde das Studium vorzeitig und mit besten Noten beenden und alle, die mich kennen, total verblüffen.
- Ich mache eine Typberatung, trage demnächst nur noch himmelblau und/oder cremeweiß, sehe schlanker, jünger und begehrenswerter aus und fühle mich nicht mehr verlassen, sondern verführerisch.
- Ich steige mit in Merles dubioses Internet-Start-up ein und binnen weniger Monate werden wir börsennotiert sein und uns vor Angeboten von Google, Facebook und dem Bundesnachrichtendienst nicht mehr retten können. Die Financial Times, die Bunte und natürlich die Brigitte machen Homestories über die erfolgreichen Schwestern.

Ich habe mich noch nicht entschieden, als ich eine Vollbremsung vornehmen muss. Vor uns ist ein Stau. Einer der Staus, bei dem man minutenlang auf der Stelle steht. Die Abstände, in denen Niko auf die Uhr guckt, werden immer kürzer.

»Hast du schon ein Date mit Lilly abgemacht?«

»Sie hat mir gesimst, dass sie ab neun mit ein paar Freunden in einem Club in der Nähe von Montmartre ist.«

»Sie ist mit Freunden unterwegs und will sich mit dir treffen? Klingt irgendwie nicht nach einem Date.«

»Soll sie da alleine den ganzen Abend sitzen? Das wäre ja wohl ein bisschen zuviel verlangt, oder? Wer weiß, wann ich da endlich ankomme.«

Niko klingt das erste Mal leicht gereizt. Wahrscheinlich ist er doch aufgeregter, als er zugeben will.

»Ruhig Blut. Ist ja gut. Ich bringe dich schon rechtzeitig zu deiner Lillifee, auf dass sie dich dann verzaubert und ihr auf einem Schimmel in den Sonnenuntergang reitet.«

Er grinst schief.

»Tschuldigung.«

Eine halbe Stunde später bezweifle ich, ob ich ihn wirklich rechtzeitig bei seiner Herzdame abliefern kann. Der Stau ist zäh und es geht nur zentimeterweise vorwärts. Als wir gegen halb neun die ersten Ausläufer von Paris erreicht haben, schlägt Niko vor, dass er einfach irgendwo an einer Metro-Station aussteigt. Mit der U-Bahn gehe es wahrscheinlich schneller.

Ich fühle mich unsinnigerweise gekränkt. Als wäre ich schuld an diesem Verkehrschaos. Als das erste U-Bahn-Schild leuchtet, setze ich den Blinker und halte am Straßenrand. Soll ich auch aussteigen, um mich zu verabschieden? Oder ihm einfach so die Hand geben? Er reicht artig sein Händchen nach hinten, wünscht noch schöne Ferien und tätschelt mir dann die Schulter. Ich hebe völlig blöd die Hand und lege sie schnell wieder auf den Schaltknüppel. Im Rückspiegel sehe ich, wie er sich den Rucksack auf den Rücken schwingt, kurz ins Trudeln kommt und sich dann wieder fängt. Er winkt nochmals kurz, geht dann über die Straße und wird prompt fast von einem Motorradfahrer überrollt. Ich bin mir nicht sicher, ob Niko dieser Stadt gewachsen ist.

»Ein netter Junge«, höre ich Martha von hinten.

»Ja, es gibt noch junge Männer, die Frauen hinterherfahren. Im Gegensatz zu Männern, die Frauen irgendwohin fahren und sie dann in der Pampa alleinlassen«, gifte ich in den Rückspiegel.

»Wieso Pampa?«, fragt Martha ganz naiv.

Ich sage nichts, sondern konzentriere mich auf den Verkehr. Nachdem der Monsterstau sich endlich aufgelöst hat, muss ich das auch. Franzosen haben einfach einen schwungvollen Fahrstil.

Ich fahre an zwei, drei großen Hotels vorbei. Die können wir uns eh nicht leisten. Außerdem möchte ich nicht in die Verlegenheit kommen, Martha und Karl dort im Wellnessbereich zu treffen – vielleicht gar in der Sauna. Wir kurven weiter. Als ich ein kleines Hotelchen entdecke, parke ich auf dem Bürgersteig direkt davor. Mein Vorschlag ist: Ich gehe rein und erkundige mich, und zwar nach einem Doppelzimmer und einem Einzelzimmer. Doch Martha und Karl wollen unbedingt mit. Das Foyer ist – wie ganz Paris – leicht schmuddelig. Ich war schon mal auf Klassenfahrt hier und weiß, wovon ich rede. Die Pariser halten diesen leicht angestaubten Zustand für charmant. Ich glaube, dahinter steckt nur Trägheit. So wie ich früher oft zu träge war, um abends die Wimperntusche abzuschminken. Am nächsten Morgen fand ich, dass ich unheimlich verrucht aussah. In Wirklichkeit sah ich nur übermüdet aus. Paris sieht aus, wie ein altes Frauengesicht mit verwischtem Lippenstift und dickem Eyeliner. Martha meint nun plötzlich, die Führung übernehmen zu müssen. Sie wendet sich auf Deutsch – immerhin spricht sie sehr langsam und laut – an den Portier. Zwei Minuten später ist sie entsetzt. 1. Der Mann spricht kein Wort Deutsch und 2. ein Doppelzimmer kostet 125 Euro.

Wir verlassen das Etablissement. Ich hatte so etwas befürchtet. Marthas finanzieller Rahmen ist offenbar etwas eng für Paris.

»Wir suchen uns einfach eine Pension weiter außerhalb. Da können wir hervorragend mit der Bahn morgen in die Stadt fahren. Außerdem ist es ruhiger«, schlage ich vor.

Die beiden fügen sich beleidigt meinem Vorschlag. Ich fahre Richtung Süd-Osten. Es ist da weniger mondän, noch ein bisschen staubiger und ausgewaschener, aber bezahlbar. Wir hatten damals auch da gehaust. Ich habe gerade vor einem rustikalen Hotel mit »chambre libre« gehalten, als ein Echolot ertönt. Es ist dieses Geräusch, das man nur aus U-Boot-Filmen kennt. Es echot erneut.

»Einer von euch hat wohl gerade eine SMS bekommen«, mutmaße ich und drehe mich nach hinten um.

»Mein Handy hat kein SMS und so einen Quatsch. Das ist zum Telefonieren da und zwar nur im Notfall«, stellt Karl-Werner fest.

»Mir hat Arne eine Fahrradklingel als Ton installiert. Das mussten wir sogar extra bezahlen«, erklärt Martha dagegen. Im Fußraum des Beifahrersitzes leuchtet schwach ein Display.

Niko hat sein Handy im Auto liegengelassen.

Scheiße.

Ich hebe es auf, überlege. Was mache ich jetzt damit? Wie kann ich es ihm wiedergeben? Ich kann mich nicht bei ihm melden. Selbst wenn er mir seine Nummer gegeben hätte. Haha. Er hat meine Nummer nicht. Aber seine eigene. Vielleicht hat Niko sich gerade eine Whatsapp geschrieben, die für mich ist. Also muss ich die Nachricht lesen.

»He Garp, wollen spontan zum Kurzfilmfestival nach Trouville sur Mer. Keine 200 Kilometer von hier. Um 21:27 Uhr geht ein Zug ab Gare du Nord, Gleis 5, sind im ersten Wagen hinter der 1. Klasse. L.«

Was spielt die gute Frau? Fangen? Verstecken? Räuber und Gendarm? Schnitzeljagd? Wieso wartet die nicht brav in diesem blöden Club? So kurz wird dieses Festival wohl nicht sein, dass sie jetzt stehenden Fußes aufbrechen muss, um überhaupt noch etwas davon mitzubekommen.

Wie soll Niko das schaffen? Vor allem, weil er es ja noch gar nicht weiß. Ich mache das, was ich sehr gut kann: Ich blende das Problem erstmal aus und löse das Hotelproblem.

Eine halbe Stunde später habe ich dann auch schon mein eigenes Problem. Ich sitze auf einem Stuhl in einer Zelle. Alles in dieser Zelle ist allein. Der Stuhl, der Tisch, der Nachttisch, der Zahnputzbecher, ich. Nebenan räumen Martha und Karl geräuschvoll ihre Schränke ein. Ich höre, wie Schubladen aufgezogen werden. Ich fühle mich so einsam wie der Metallbügel, der im schmalen Schrank baumelt. Ich packe meine Tasche nicht aus. Dieses Umfeld möchte ich meiner Kleidung nicht zumuten. In einer halben Stunde wollen wir uns unten treffen, um noch eine Kleinigkeit zu essen. Ich frage mich, wie ich die 30 Minuten rumkriegen soll, ohne wahnsinnig und/oder depressiv zu werden. Zehn Minuten später habe ich die Lösung: Ich gehe einfach ins Bett. Wer schläft, denkt nicht. Ich gehe eben nach nebenan und teile mit, dass ich nach der langen Fahrt einfach zu müde sei, um mich noch in das Pariser Nachtleben zu stürzen. Nachdem(!) ich die Tür zugemacht habe, höre ich eine unschöne Diskussion über die Belastungsfähigkeit der Jugend. Mir doch egal. Auf meinem Nachttisch liegt Nikos Handy. So blöd. Ich kann ihn nicht erreichen und ich kann auch Lilly nicht erreichen, um ihr zu sagen, dass Niko ihre Nachricht nicht bekommen hat. Dafür müsste ich das Telefon entsperren. Ich hole mein Handy raus und nehme Nikos in die andere Hand. Das Display zeigt fünf Anrufe in Abwesenheit. Ob das Lilly war? Oder Niko selber?

»Na, wer bist du denn?«, frage ich mit verstellter Stimme.

Nikos Handy antwortet bassial: »Ich bin verloren worden. Aber eine wunderschöne Finderin hat mich an sich genommen.«

Mein Handy: »Ich glaube, du bist weggeworfen worden. Du bist ein iPhone 5. Die sind eigentlich schon ausgestorben.«

»Du bist gemein. Mein Halter hätte mich niemals weggeworfen. Er hat mich wirklich gemocht.«

»Er hat bestimmt schon ein neues. Ich wette, ein iPhone X. Dagegen kannst du mit deinem winzigen Akku nicht mithalten.«

»Es geht nicht immer um die Größe«, schmollt Nikos Handy.

Ich lasse mich rücklings aufs Bett fallen. Ich glaube, dieser Urlaub tut mir nicht gut.

Ich sitze gerade auf dem Bett, habe den Mund voll mit Zahnpasta, als mein Kopfkissen anfängt zu wackeln. Ich erschrecke mich erst, registriere dann, dass Nikos Handy vibriert. Jetzt weiß ich auch, warum ich die Anrufe nicht gehört habe. Ich melde mich mit »A-a?« und spucke schnell den Schaum aus.

»Maike? Bist du das?«

Niko hat sich offenbar eine Telefonzelle mitten an einer Hauptverkehrsstraße gesucht.

»Ja, ich bin es. Wie konntest du das Telefon nur bei mir im Auto liegen lassen?«

»Meinst du, das habe ich extra gemacht? Sicher nicht! Könntest du es mir wohl bringen? Ohne das Telefon bin ich absolut aufgeschmissen. Ich weiß doch noch gar nicht, wo dieses Café ist, in dem ich mich mit Lilly treffe. Hilfst du mir?«, fragt er, schon ein bisschen unterwürfiger.

»Könnte ich. Café wäre aber doof. Lilly hat dir eine Nachricht geschickt. Du musst um 21:27 Uhr einen Zug nach Trouville sur Mer bekommen. Das ist an der Atlantikküste. Sie trifft dich im ersten Waggon hinter der Luxusklasse. Gare du Nord, Gleis 5. Schaffst du das?«

»Ich muss erst noch meine Sachen aus der Jugendherberge holen. Aber die ist, glaube ich, in der richtigen Richtung. Das könnte klappen.«

Plötzlich klingelt es schon wieder. Mein eigenes Handy meldet sich. Ich fühle mich sehr, sehr begehrenswert. Ich gucke aufs Display. *Arne* steht da. Der kann warten. Ich drücke ihn einfach weg.

»Maike? Bist du noch dran?«

»Klar, hatte nur gerade einen Anruf auf der anderen Leitung.«

Wie lange musste ich warten, um diesen Satz sagen zu können? Herrlich!

»Kannst du mir mein Handy nicht zu diesem Bahnhof bringen?«

Ich gucke auf die Uhr und gehe auf meinem Handy auf Google Maps. Sieht so aus, als könnte es ganz knapp klappen.

»Okay, ich versuche es«, verspreche ich.

Das bin ich diesem schusseligen Romantiker irgendwie schuldig. Ich hatte mein Handy mal bei Lisa vergessen und war ungefähr zwölf Stunden nicht erreichbar. Ich hatte mich fast nackt gefühlt.

Ich komme erstaunlich gut durch den Verkehr und ich schaffe es – fast. Um 21:30 Uhr parke ich gerade auf einem Behindertenparkplatz im Schatten des Bahnhofs. Ich steige aus. Soll ich gucken, ob der Zug vielleicht Verspätung hat? Wären wir in Deutschland, könnte ich davon ausgehen. Ich gehe zögernd los. Wenn er wirklich noch auf dem Gleis steht, platze ich direkt in das erste Live-Date zwischen dieser blöden Lilly und Niko. Habe ich eigentlich keine Lust zu. Ich will das nicht sehen. Ich will sie nicht sehen. Und ihn nicht, wenn er verliebt diese Lilly anschaut. Das muss ich mir nicht geben. Ganz langsam gehe ich Richtung Gleis 5. Da ist kein Zug, da sind keine Menschen. Puh. Ich stecke das Handy wieder ein, gehe zum Auto zurück und stelle anschließend fest, dass ich in den fünf Minuten einen Strafzettel bekommen habe. Da so etwas Sache des Autohalters ist, rege ich mich nicht auf und werfe den Wisch auf die Rückbank. Während der Fahrt zurück zum Hotel fange ich gerade an, mich wohlzufühlen – wie ich so mit lauter Radiomusik durch Paris cruise – als mein Telefon klingelt. Arne will sich so schnell nicht geschlagen geben. Damit er es nicht die ganze Nacht versucht, gehe ich ran.

»Bonsoir«, melde ich mich besonders fröhlich.

»Maike? Was denkst du dir eigentlich? Wie kannst du mit meiner Oma einfach so nach Frankreich fahren? Stell dir vor, da passiert was! Bist du wahnsinnig?«

Ob ich wahnsinnig bin? Was ich mir denke? Ehe ich meine Wut auch nur ansatzweise in eine Antwort gezwängt habe, redet Arne schon wieder.

»Bist du etwa im Auto unterwegs? Um diese Zeit? Das überlebt Oma nicht«, stöhnt er.

»Stimmt, war vielleicht eine blöde Idee. Ich hätte meine erste Eingebung umsetzen und mit Lammblut drei Kreuze an euer Haus schmieren sollen. Dann hätte ich im gesamten Dorf erzählt, dass du mich schwanger für eine alternde Drag Queen sitzen gelassen hast. Wäre dir das wirklich lieber gewesen? Außerdem mach dir keine Sorgen. Deine Großmutter ist nicht in dieser morschen Karre. Die vergnügt sich derweil nämlich mit Karl-Werner im Pariser Nachtleben.«

Ich höre, wie Arne sehr viel Luft einzieht.

»Ist dieser sabbernde Karl etwa auch mit? Der scharwenzelt doch schon ewig um Oma rum, dieser Schwerenöter. Und welche morsche Karre? Und wie kannst du meine Großmutter alleine im Pariser Nachtleben zurücklassen?«

»Pass mal auf, mein Süßer. Ich muss hier mit einem klapprigen Escort rumgurken und mich dabei konzentrieren, da kann ich soviele Fragen echt nicht beantworten«

»Mit dem Escort?«, schreit er. »Der hat seit Jahren keinen TÜV mehr.«

Ups. Das kann ich ja nicht wissen.

»Aber für einen Oldtimer fährt er noch ganz gut. Das fand Niko auch.«

»Wer ist Niko?«

Genau in dem Moment vibriert dessen Handy.

»Ach, das würde jetzt zu weit führen. Ich muss jetzt auflegen. Ich bekomme einen Anruf auf meinem anderen Handy.«

Yes! Was für ein Timing.

An meinem anderen Handy – also an Nikos – ist er selber.

»Sie ist nicht im Zug«, erklärt er aufgeregt.

Wieso hatte ich das befürchtet?

»Vielleicht war in dem Waggon kein Platz mehr frei. Geh doch mal durch den ganzen Zug«, schlage ich ihm vor.

»Das habe ich natürlich schon getan. In dem gesamten Zug ist kein Wesen, das auch nur annähernd wie Lilly aussieht.«

»Ich dachte, sie hat immer so lustige Masken aufgehabt. Willst du sagen, es ist kein Mädchen mit Schweine- oder Affenmaske im Zug und auch keins, das Pippi-Langstrumpf-Zöpfe und ein Pferd auf dem Schoß hat?«, lache ich.

Niko lacht nicht.

»Natürlich weiß ich ungefähr, wie sie aussieht. Und wenn sie nicht plötzlich 50 Kilo zugenommen hat und einen roten Kurzhaarschnitt trägt, ist sie nicht hier. Kannst du sie nicht anrufen und fragen, was das soll?«

Habe ich eine andere Wahl? Natürlich muss ich diese dämliche Ziege anrufen. Wir vereinbaren, dass Niko nach Trouville fährt, sich da ein Zimmer nimmt und sich morgen früh wieder bei mir meldet. Vorher gibt er mir seinen Handy-Code. 1 2 3 4 5 6. Ich fasse es nicht. Ich stelle erstmal wieder einen Klingelton ein und das Vibrieren ab. Das macht mich ganz nervös.

Weil ich wirklich, wirklich nicht mit ihr sprechen und erklären möchte, wer ich bin, simse ich Lilly einfach an.

»Bin im Zug. Du nicht. Jetzt bist du am Zug. Niko«, schreibe ich und finde das fast poetisch.

Um drei Uhr in der Nacht bequemt Madame sich zu melden. Ich bin gerade mitten in einem schönen Traum, in dem ich Highheels trage und mich ganz grazil darin bewege.

»Merde«. Jetzt tut die auch noch frankophil. »Wir waren im GLEICHEN Zug«. Sie meint wahrscheinlich sogar denselben Zug. »Aber wir saßen wohl 1. Klasse. Blöder Schaffner hat uns rausgeworfen. Einer von uns ohne Ticket. Mussten mitten im Nichts ganz aussteigen. Totale Frechheit. Melde mich. L.«

Diese Frau ist eine fleischgewordene Katastrophe. Ich werde am Morgen überlegen, wie ich das Niko schonend beibringe und versuche krampfhaft, wieder an den Traum anzuknüpfen. Natürlich vergeblich.

Martha und Karl-Werner sitzen schon bestens gelaunt am Frühstückstisch und halten ganz verliebt Händchen unter dem Tisch. Sie waren gestern Abend noch flanieren und kurz dinieren, berichten sie mir. Bei näheren Nachfragen stellt sich raus, dass sie ein bisschen die Hauptstraße hoch- und auch wieder runtergelaufen sind, um danach bei Starbucks überteuerte Sandwiches vom Vortag zu essen. Wem's gefällt. Karls Laune rutscht allerdings ziemlich ab, als er feststellt, dass es zum Frühstück weder geräucherten Schinken noch Vollkornbrot und erst recht kein Rübenkraut gibt. Was ich persönlich sehr gut finde. Er zerfleddert sein Croissant, krümelt dabei fürchterlich und schmollt. Martha teilt mir mit, was sie heute zu tun gedenkt. Sie will zum Eiffelturm und dann auf diesen »Schamps soundso«. Immerhin sei Paris eine Modestadt und das möchte sie natürlich gerne nutzen. Dass Martha sich für Mode interessiert, hat sie seit unserem Kennenlernen wahrlich gut zu vertuschen gewusst. Heute trägt sie einen mint-grau karierten Pullover zu einer ocker-farbenen Stoffhose. Abgerundet wird das Bild durch schwarze Schuhe mit Klettverschluss. Ich lasse alles an mir abperlen und trinke erstmal drei Tassen Café Crème. Dann bestreiche ich ein Croissant fingerdick mit Butter und Honig und habe ein herrlich klebrig-krümeliges Gefühl im Mund. Ich beschließe: Ich begleite mein Seniorengespann zum Eiffelturm und in die Welt der Mode, setze sie dann in die Metro Richtung Sacre Coeur oder Louvre, lade mir ein schön seichtes Buch auf den Kindle runter, kaufe viele kalorienhaltige Leckereien, mache es mir irgendwo an der Seine gemütlich und genieße das süße Nichtstun. Am Nachmittag werde ich mir zwei Wein genehmigen und lasziv vor einem Straßencafé chillen. Ich werde nicht wie eine Touristin aussehen, sondern ganz parisienne. Wer mich sieht, wird neidisch werden.

Doch ich habe mehrere Faktoren nicht berücksichtigt.

☹ Martha und Karl-Werner sind definitiv nicht bereit, ohne mich die Stadt zu erkunden. Vor allem Martha möchte mich unbedingt dabei haben. Offenbar traut sie Karl-Werners Orientierungssinn nicht so recht. Nach dem Frühstück nimmt sie mich zur Seite. »Schau, Maike. Du musst ja nicht an uns kleben. Vielleicht kannst du ja wie so eine Reiseführerin ein paar Schritte vor uns hergehen und einen Schirm oder so etwas hochhalten. Dann verlieren wir dich auch nicht.« Ich selber bin kurz davor, die Fassung zu verlieren.

☹ Als ich kurz vor die Tür gehe, um mal frische Luft zu tanken, merke ich: Es ist nicht nur warm.

Es ist schwül und heiß. Nach zwei Minuten habe ich einen feuchten Ganzkörperfilm.

☹ *Arne teilt mir per SMS mit, dass er sich höchstpersönlich auf den Weg nach Paris macht, um seine Großmutter abzuholen. Was mit Karl-Werner ist, sagt er nicht. Will er den etwa in meiner Obhut lassen?*

Mitten in die Gedanken hinein meldet sich eine genesene Lisa.

»Ist dieser verwackelte Typ dieser Niko? Nicht schlecht. Kannst du mir aber bitte mal erklären, was du da genau wo mit wem machst?«, will sie wissen.

»Das sind aber viele W-Fragen.«

»Weich nicht aus.«

»Noch ein W«, kichere ich, gebe ihr dann aber eine Zusammenfassung der Situation. Sie antwortet zunächst mit ganz schwerem Schweigen und holt dann ganz tief Luft.

»Das ist das Krasseste, das du je gemacht hast. Noch krasser als damals, als du deinen Eltern gesagt hast, du würdest eine Niere verkaufen, um dir eine Vespa zuzulegen.«

»Ich überlege das immer noch.«

»Und du willst jetzt wirklich deine Ferien mit diesem Oldie-Duo verbringen?«

»Nur ein paar Tage. Bis Arne sich richtig Sorgen macht. Der ist allerdings schon auf dem Weg hierher. Hat er mir gerade mitgeteilt.«

»Dann sieh zu, dass du da wegkommst.«

Ich sitze in meinem Zimmerchen und starre das Display an. Da ich ja nun nicht weiß, wo Arne ist, weiß ich auch nicht, wie lange er mit seinem technischen Wunderwerk an Auto bis hierher braucht. Mist. Oder »merde«, um mit Lillys Worten zu reden. Kaum habe ich an Lilly gedacht, meldet sich Niko. Überraschenderweise bricht er nicht zusammen und auch nicht in Tränen aus, als ich ihn über Lillys Aufenthaltsort aufkläre und dass sie zumindest zeitweise doch im selben Zug waren.

»Dann kommt sie wahrscheinlich heute an. Und es ist wirklich super schön hier. Ich war ewig nicht am Meer. Ich hatte echt vergessen, wie schön das ist. Ich bin gar nicht mehr böse, nicht mehr in diesem staubigen Paris zu sein. Allein dieser Mief in der Metro hat mir schon gereicht.«

Sofort habe ich auch gar keine Lust mehr, in diesem staubigen und viel zu heißen Paris zu sein. Schon gar nicht, wenn Arne jeden Moment hier aufläuft. Ich will auch am Meer sein. Ich will salzige Luft riechen, mir die Haut ganz leicht verbrennen und am Abend an den unmöglichsten Stellen Sand kleben haben. Ich wollte von Anfang an ans Meer.

Plötzlich habe ich einen Plan.

»Du, Niko, ehrlich gesagt geht es Martha hier gar nicht gut. Die schwüle Luft und die ganze Hektik der Großstadt machen ihr zu schaffen. Ich glaube, ich pack die einfach ein und wir bringen dir dein Handy. Martha wird natürlich niemals zugeben, dass sie gesundheitliche Probleme hat, schon gar nicht vor Karl-Werner, aber die Sache mit dem Telefon versteht sie bestimmt. Und für dich ist es ja auch einfacher, wenn du Lilly wieder direkt erreichen kannst, oder?«

»Wenn du dir die Fahrt wirklich antun willst, okay. Für mich ist es nicht so wichtig. Lilly ist ja wohl auf dem Weg hierhin. Schreib ihr doch einfach, dass ich im Hafencafé wohne.«

Bei dem Wort ‹Hafencafé› zucke ich kurz zusammen. Merle hat ein Lied von Ulla Meinecke mit genau diesem Titel eine Zeit lang ungefähr 30 Mal am Tag in voller Lautstärke gespielt. Vielleicht wird es Zeit, dass ich mal wieder eine positive Einstellung zu einem Hafencafé bekomme.

«Maike? Noch was. Meinst du, du könntest mir auch deine Handynummer geben? Ich würde mich besser fühlen, wenn ich dich nicht nur auf meinem Telefon erreichen kann.«

Ich grinse.

«Klar. Wenn du mir dein Telefon gibst, kann ich dir wohl meine Nummer im Austausch geben.«

Ich atme tief durch. Jetzt liegt der schwierige Teil vor mir. Ich muss Martha und ihren Schatten davon überzeugen, dass Paris absolut überbewertet wird und es am Meer viel mondäner und moderner ist. Auf dem Weg zum Eiffelturm fahre ich extrem unsicher und lasse mich bewusst ein paar Mal anhupen. Das kratzt natürlich an Karl-Werners Ego. Er legt sorgenvoll den Arm um Martha. Als wir kurz vor dem Eiffelturm ankommen, mache auch ich ein sorgenvolles Gesicht.

»Schön ist er ja schon. Aber auch anstrengend. Am besten kaufen wir uns vorher noch drei oder vier Liter Wasser«, sage ich mit Sorgenfalte auf der Stirn. Schwungvoll werfe ich die Autotür zu, nachdem die beiden endlich ausgestiegen sind.

»Wieso anstrengend? Es wird herrlich. Von da oben können wir über ganz Paris blicken«, freut sich Martha.

»Es ist halt nur ein langer Weg nach oben«, räume ich ein und schlendere los.

»Müssen wir da hoch *laufen*?«

Marthas Augen sind fast so groß wie Golfbälle. Sie ist abrupt stehen geblieben.

»Natürlich. Das Konstrukt ist für Schwingungen wie die eines Fahrstuhls doch gar nicht gebaut. Dafür ist der ja viel zu alt«, erkläre ich.

Ich registriere, wie sich der Gesichtsausdruck beider verändert. Von vorfreudig zu gequält. Sie bleiben stehen und legen den Kopf in den Nacken, blicken sorgenvoll zu der weit entfernten Spitze. Mag ja sein, dass Karl auf der flachen Kegelbahn ein Ausbund an Ausdauer, Antrittsschnelle und Akrobatik ist, aber der Anstieg scheint auch ihm Kummer zu bereiten.

Ich lege schnell nach.

»Das Witzige ist ja, dass der Eiffelturm der einzige Ort hier ist, von dem man den Turm selber nicht sehen kann. Das wahrhaft Majestätische spürt man ja eigentlich nur hier unten.«

Martha und Karl-Werner nicken langsam. Synchron sogar. Süß. Vielleicht sind die beiden wirklich seelenverwandt.

»Stellt euch mal zusammen«, fordere ich beide auf und mache schnell ein Beweisfoto. Martha, Karl und der Eiffelturm. Sehr schön.

»Und jetzt erkunden wir die Welt der Mode?«, frage ich und beende damit Tagesordnungspunkt 1. Als die beiden wieder hinter mir auf der Rückbank sitzen, suche ich die nächste Ausfallstraße Richtung Norden.

»Stand da nicht, dass wir zur City nach links gemusst hätten«, mischt Karl sich plötzlich ein. Was soll das denn? Will der jetzt hier mein persönliches Navigationssystem spielen?

»Da stehen wir nur im Stau. Ich habe mir das auf dem Handy genau angeguckt, wir nehmen einen Schleichweg«, behaupte ich schnell. Ich bete, dass mein Plan funktioniert. Ich freue mich schon so aufs Meer.

Martha und ihr Kniffel-Karl haben etwas verkniffene Gesichter, als wir aussteigen. Wir sind nicht wirklich in der Mitte von Paris. Wir sind im Herzen eines sehr lebendigen Vororts. Eines Vororts, der von arabischen Bewohnern geprägt ist.

»Ist das wirklich dieser berühmte Schampselise?«, fragt Martha, nachdem sie das dritte Mal von einem Teppichhändler wort- und gestenreich angesprochen worden ist. Sie zuckt jedes Mal zusammen. Ihr Blick wird immer panischer. Sie hält sich eng an Karl-Werners Seite.

»Ja. Das Leben hier hat sich sehr verändert. Die Arbeitslosigkeit, die Migration, schlechte Wirtschaftspolitik und extreme politische Veränderungen haben dem Land nicht gut getan«, sage ich mit gewichtiger Stimme und bete inständig, dass Martha nicht wissen will, um welche politischen Veränderungen es da im Detail geht. Aber Martha ist viel zu sehr damit beschäftigt, ihre Handtasche festzuhalten und nicht in Hundescheiße zu treten.

Wir passieren grellbunte Läden mit allerlei Modesünden in hundert Prozent Polyacryl, chinesische Take-aways und Ein-Euro-Shops. Die Gesichter meiner Begleiter werden länger und länger.

»Ich hatte mir Paris wirklich viel schicker und eleganter vorgestellt. Das soll doch die Stadt der Mode sein, aber alles hier ist so schmutzig und laut«, beschwert sich Martha irgendwann. Karl-Werner hat wieder beschützend seinen Arm um ihre Schultern gelegt.

Jetzt ist meine Chance da.

»Niko hat sich übrigens bei mir gemeldet. Er war auch ganz enttäuscht von der Stadt und ist weiter ans Meer gefahren. Da ist es wohl total schön.«

Die beiden reagieren leider nicht auf meine Anregung. Ich muss wohl noch nachlegen.

»Ich war so lange nicht am Meer«, sage ich wehmütig.

Meine Wehmut prallt aber auch an Martha und Karl-Werner ab. Die nehmen mich gar nicht richtig wahr, sondern betrachten nur irritiert das Treiben um sie herum.

Also zücke ich den Joker.

»Niko macht sich übrigens ziemlich Sorgen, weil seine Eltern ihn nicht erreichen können.«

»Er kann sie doch anrufen, wenn er will«, stellt Karl ganz sachlich fest.

Blödmann.

»Ja natürlich. Aber seiner Mutter scheint es nicht so gut zu gehen, und er wäre gerne jederzeit erreichbar.«

So. Wenn das jetzt auch nicht zieht, behaupte ich, Niko habe seit seiner Geburt Probleme mit einer Herzklappe, warte dringend auf ein neues Transplantationsorgan und rechne quasi minütlich mit dem alles entscheidenden Anruf. Aber das ist gar nicht nötig. Martha guckt mich ganz besorgt an.

»Au revoir, Paris«, sagt sie mit fester Stimme.

Geht doch.

Anderthalb Stunden später sind wir Richtung Meer unterwegs. Ich freue mich so. Ich kann es gar nicht abwarten, bis Arne sich meldet und verkündet, er sei jetzt in Paris und werde seine Oma in Empfang nehmen. Er wird es nicht gerne hören: Oma ist nicht mehr in Paris.

Vor unserer Abfahrt habe ich eben noch Lilly den neuesten Stand der Dinge mitgeteilt.

»Adieu Tristesse. Chille im Hafencafé. N.« hatte ich gesimst. Ich fand, dass das ganz cool klang.

So cool klingt Niko schon nicht mehr, als er sich eine halbe Stunde später bei mir meldet. Er fragt, ob Lilly nochmals geschrieben habe. Eigentlich hätte sie längst in diesem Kaff angekommen sein müssen. Natürlich gibt es mal wieder von ihr kein Bild und keinen Ton.

»Aber dafür sind wir in ungefähr einer Stunde da. Ich freue mich schon so auf Strand und Sonnenbrand«, teile ich ihm mit.

»Good news«, entfährt es ihm spontan.

Er verrät mir noch, dass man direkt hinter dem Hafencafé gut parken kann und verabschiedet sich mit einem fröhlichen »Freu mich.«

»Du hättest übrigens Martha gestern Abend noch sehen müssen«, teilt mir Karl-Werner plötzlich von hinten mit. Er lacht sehr basslastig. Ich gucke erstaunt in den Rückspiegel und registriere, wie Martha mit zusammengepressten Lippen aus dem Seitenfenster starrt.

Ohne dass ich nachfrage, spricht Karl weiter.

»Da komme ich ins Bad und Martha sieht aus, als wäre sie in eine Sahnetorte gefallen. Das ganze Gesicht weiß. Wie ein Gespenst.«

Er lacht wieder. Martha guckt weiter starr nach draußen.

»Machst du auch so was? Schmierst du dir auch so Quark ins Gesicht und hoffst darauf, dass deine Haut sich wie unter einem Bügeleisen glättet?«

Ich grunze einen zustimmenden Ton. Eigentlich möchte ich diesen Dialog, der eher ein Monolog ist, nicht führen.

»Also, wie naiv Frauen sein können«, freut Karl sich weiter. Damit fühle ich mich jetzt natürlich auch angegriffen.

»Haut braucht Feuchtigkeit. Daher sind solche Masken durchaus sinnvoll«, kontere ich.

»Martha, hast du gehört? Deine Haut braucht nur Feuchtigkeit. Ich sprühe dich jetzt einfach abends mit Wasser ein, und schon hast du wieder die Haut eines Kinder-Popos. Kann man bestimmt super mit einem Dampfbügeleisen machen, oder? Und wenn es nicht hilft, bügele ich die kleinen Falten einfach glatt«, lacht Karl ganz vergnügt. Ihm ist offenbar nicht klar, dass er gerade eine Kriegserklärung von sich gegeben hat. Er schaut sich ganz unschuldig um.

»Apropos Popo. Wenn du wüsstest, wie dein Hintern aussieht, würdest du kein Gespräch über alte Haut anzetteln«, giftet Martha plötzlich. Offenbar ist sie es leid, die vorbeifahrende Landschaft zu hypnotisieren und geht zum Gegenangriff über.

»Was hast du an meinem Hintern auszusetzen?«, ist Karl jetzt wieder ein bisschen weniger erfreut. Langsam dämmert ihm, was er da angezettelt hat.

»Er hängt faltig runter und ist unansehnlich behaart.«

Können die beiden diese Unterhaltung nicht ohne mich fortsetzen? Ich möchte nicht noch mehr unappetitliche Details erfahren. Ich habe schon jetzt fiese Bilder im Kopf. Wenn Martha gleich von Pickeln am Po anfängt, schreie ich.

»Danke für die Information. Immerhin ist mein Arsch meistens bedeckt. Du solltest deinen Hals auch häufiger bedecken. Es gibt so schöne Tücher oder Rollkragen. Dann werde ich nicht immer an eine Schildkröte erinnert.«

»Maike, fahr auf dem nächsten Rastplatz bitte raus. Karl-Werner möchte alleine weiterreisen. Ich halte es neben diesem schrecklichen Kerl keine fünf Minuten mehr aus.«

Meint sie das ernst? Will sie ihren Lover jetzt in der französischen Einöde aussetzen? Obwohl – verstehen kann ich sie. Das war wirklich nicht nett.

Fünf Kilometer später setze ich den Blinker und parke neben einem metallenen Toilettenhaus. Gute Idee. Ich gehe erst mal pinkeln. Vielleicht entspannt sich die Situation ohne mich schneller.

Als ich rauskomme, sitzen die beiden immer noch im Ford.

»Soll ich jetzt weiterfahren?«, frage ich nach hinten.

»Nein. Mit diesem Mann reise ich nicht weiter«, beharrt Martha weiter auf dem Rauswurf.

»Ich steige doch hier in dieser Wildnis nicht aus«, wehrt sich dieser Mann allerdings. Die Situation ist etwas verfahren. Mein Handy meldet sich mal wieder. Arne. Perfekt. Ich muss jetzt nur noch Martha und den schrecklichen Mann dazu bewegen, das Auto zu verlassen. Dann sage ich Arne, wo er seine Oma samt Liebhaber findet und gebe Gas. Doch leider hat Arne etwas anderes auf dem Herzen.

»Maike, du musst mir helfen«, höre ich. Ja? Muss ich das?

»Meine Eltern haben mich angerufen, sie haben schon mehrfach versucht, Oma und mich zu Hause zu erreichen. Doch da ist natürlich nie jemand dran gegangen. Ihr Handy ist offenbar aus. Mein Vater ist schon total hysterisch. Er will wissen, warum sie und ich nicht rangehen. Sag Oma bitte, sie soll ihn anrufen und beruhigen. Sie kann ja sagen, dass das Telefon zu Hause irgendwie kaputt ist. Es ist wirklich wichtig. Mein Vater ist kurz davor, ein Flugzeug zu entführen, damit er so schnell wie möglich zu Hause ist und Oma sehen kann.«

Ich nicke nur, was am Telefon natürlich total bescheuert ist. Will ich Arne helfen? Wäre es nicht lustig, wenn dieser ganze Schwindel jetzt aufflöge? Für mich ja. Ich mache mir nur Sorgen um Arnes Vater. Ich möchte eigentlich nicht dafür verantwortlich sein, wenn er plötzlich kriminelle Tendenzen entwickelt.

Ich verspreche Arne, dass ich mich darum kümmern würde und mache die Fahrertür auf.

»Was glaubst du eigentlich, warum ich dir zu Weihnachten den Nasenhaarschneider geschenkt habe? Was bei dir aus den Ohren und der Nase wuchert, kann man schon zu Zöpfen flechten«, sagt Martha gerade. »Dagegen ist Rapunzel ein Dreck.«

»Wollt ihr euch nicht vielleicht mal kurz die Beine vertreten? Vom langen Sitzen kann man schnell böse Thrombosen bekommen«, sage ich Richtung Rückbank. Mir ist klar, so lange die da hinten nebeneinander hocken, wird die Stimmung nicht besser. Nach einem kurzen Moment klettern die beiden wirklich raus. Karl-Werner nutzt die Chance, mal wieder Pipi machen zu gehen. Vielleicht will er auch nachgucken, ob sein Arsch wirklich hängt. Ich selber hatte mich schon mehrfach auf den Badewannenrand gestellt, um mir die Form meines Hinterns in diversen Hosen anzusehen. Ich hoffe nur, dass Karl jetzt nicht auf die Idee kommt, auf die Kloschüssel zu steigen, um seine Rückansicht zu überprüfen. Nicht, dass der sich jetzt noch was bricht. Ich gehe vorsichtig auf Martha zu. Ich will nämlich verdammt noch mal weiterfahren. Ich habe zu viele Autobahnparkplätze in den vergangenen Tagen gesehen. Die machen mich depressiv und kommen ganz bestimmt auf meine Unlike-Liste.

»Martha, ich glaube, Karl-Werner hat einfach Angst. Er spürt ja schon jetzt, dass du eigentlich viel zu aktiv für ihn bist. Dass du ganz andere Männer haben könntest. Wenn du jetzt noch an deiner Attraktivität feilst, sorgt er sich, dich bald zu verlieren.«

Ich gucke sie nachdrücklich an und wundere mich über mich selber. Woher aus meinem Hirn kommen solche Worte?

»Meinst du wirklich?«

Jetzt muss ich nachlegen.

»Natürlich. Er sieht ja auch, wie andere reifere Männer dich ansehen. Und er merkt ja auch, dass er dir intellektuell bei weitem nicht das Wasser reichen kann. Wenn du jetzt noch an deinem Aussehen arbeitest, machst du ihn einfach nervös.«

»Das war gerade sehr gemein von ihm. Aber ich glaube wirklich, dass nur die Furcht aus ihm spricht«, bestätigt Martha.

Sie leckt sich mit der Zungenspitze leicht über die Oberlippe, genießt sichtlich das Gehörte.

»Und wo wir gerade von Angst reden. Arne hat sich gerade bei mir gemeldet. Offenbar macht sich sein Vater sehr große Sorgen um dich. Vielleicht solltest du ihn mal eben anrufen und ihm sagen, dass es dir gut geht. Vielleicht wäre es auch einfacher, wenn du behauptest, zu Hause zu sein. Wir möchten ja nicht, dass er sich noch mehr aufregt, oder?«

Sie verdreht die Augen.

»Warum sind die Männer in dieser Familie alle so dumm? Mein Sohn ist ein wimmernder Angsthase und mein Enkel ein einziges Eiweiß-Paket. Wie konntest du übrigens auf den reinfallen? Hast du schon mal irgendwo gehört, dass ein Paket denken oder fühlen kann? Oder kann der besondere Kunststücke?«

Mir scheint, Martha ist in einer gewissen aggressiven Phase. Wie lange hat man wohl PMS? Oder die ganze Situation stresst sie doch mehr, als sie zugeben will. Offenbar hat sie sich den Ausflug anders vorgestellt. Ich kenne da noch jemanden. Gnädig zückt sie ihr Handy und stellt es wieder an, um ihren Sohn davon zu überzeugen, dass alle lebenswichtigen Grundfunktionen bei ihr noch vorhanden seien. Sie sei nur viel im Garten, daher höre sie das Telefon nicht und Arne kümmere sich um die Heizung und kaputte Dachziegel und hacke ganz viel Holz. Als Karl-Werner vom Klo zurückkommt, gehe ich schnell auf ihn zu. Nicht, dass er jetzt dazwischen quatscht. Ich weiß immerhin nicht, ob Martha zu Hause Herrenbesuch empfangen darf.

»Mit wem telefoniert sie?«, will er wissen.

Ich bin kurz versucht zu sagen, dass sie ihm ein Taxi ruft.

»Mit ihrem Sohn«, sage ich dann aber wahrheitsgetreu.

»Dem Angsthasen? War klar, dass der sich meldet. Ich habe Martha extra gesagt, dass sie ihr Handy zu Hause lassen soll. Mit seinen ewigen Anrufen nervt der uns nur. Deswegen habe ich ihr geraten, das Ding auszumachen. Außerdem glaube ich, dass diese Strahlungen doch sehr gefährlich sind.«

Ich räuspere mich, schalte auf ‹vertraulichen Tonfall›.

»Karl-Werner, du solltest vielleicht ein bisschen netter zu Martha sein. Sie will dich nicht verletzen. Sie hat nur so Angst, dich zu verlieren. Immerhin bist du ein Mann in den besten Jahren«, sage ich leise und zwinkere ihm kurz zu.

Er streicht sich über seinen Wanst und ich versuche, nicht auf das Gestrüpp in seiner Nase zu gucken.

»Glaubst du wirklich?«

»Ganz sicher. Sie möchte gerne für dich attraktiv sein, weil sie natürlich auch sieht, wie andere Frauen dir nachsehen. Nur deswegen macht sie sich plötzlich Gesichtsmasken. Glaub mir, aus Spaß macht das keine Frau. Sie will allein für dich schön aussehen.«

Das muss jetzt aber echt reichen. Ich habe schon Angst, von diesem Süßholzraspeln Karies zu bekommen.

Martha hat es anscheinend geschafft, ihren Sohn davon zu überzeugen, dass sie wohlauf ist und er keine Lufthansa-Maschine kapern muss, um nach ihr zu sehen. Ich höre, wie sie erklärt, dass Arne nur deswegen gerade nicht zu sprechen sei, weil er gerade noch einkaufe. »Zum Abendessen hat er sich meine Reibekuchen mit selbstgemachtem Apfelmus gewünscht«, legt sie noch nach. Sie legt auf, guckt mich verschwörerisch an und trippelt dann auf ihren Karl-Werner zu. Dazu blinzelt sie so komisch. Sieht aus, als hätte sie was im Auge. Oder soll das sexy sein? Karl hingegen balzt sie an wie ein Gockel. Ich wende mich ab. Die Versöhnung muss ich mir jetzt wirklich nicht antun. Im Gegenteil: Ich muss jetzt erstmal dringend Niko anrufen. Immerhin verspäten wir uns total. Und nachdem er so oft von seinem Luder versetzt wurde, will ich ihn nicht auch noch sitzen lassen. Nach zwei Telefonaten habe ich die Nummer vom Hafencafé in Trouville-sur-Mer. Nach gefühlten fünfzig Mal Klingeln meldet sich eine Frau, die offenbar schon sehr viele Gauloises in ihrem Leben gequarzt hat. Ich bitte sie höflich, einen Gast namens Niko ans Telefon zu holen. Nach mehreren Nachfragen und Antworten rund um das Thema »Qui est Niko?« erklärt sie mir seelenruhig. »Ah, l'allemand. Il a déjà payé. Il a parti.«

Sie meint Party, oder? Sie kann doch nicht »parti« meinen. Niemals. Das hieße, er habe die Hafenkaschemme verlassen. Aber wohin? Was soll das? Er wollte doch auf mich warten. Ich habe noch sein »Freu mich« im Ohr.

Ich bedanke mich leise und drücke auf den roten Hörer. Und nun? Ich starre meine turtelnden grauen Panther an und fühle mich ausgeschlossen. Wahrscheinlich hat Niko völlig enttäuscht die Heimreise angetreten. Das hieße ja, dass er sich doch ein bisschen auf mich gefreut hätte. Sonst würde ihn mein Nichterscheinen ja nicht so kränken. Das freut mich kurz. Sehr kurz. Ich mache für einen Augenblick die Augen zu.

»Irgendwas klingelt hier«, weckt mich Martha.

Hat sie jetzt Tinnitus oder was?

Sie zeigt allerdings aufs Auto dabei.

Nikos Handy. Ich spurte los. Als ich die Fahrertür erreiche, klingelt nichts mehr. Mist. Ich starre auf das tote Display und plötzlich macht es »Pling«. Eine Voicemail. Wahrscheinlich teilt Niko mir seine Adresse mit und die Anweisung, das doch bitte zur Post zu bringen und wünscht mir ein schönes Restleben. Ich würde ihn verstehen.

Es ist aber nicht Niko, sondern zur Abwechslung mal wieder Lilly. Sie säuselt völlig atemlos: »He Nikolausi, so schade, dass ich dich nicht persönlich erreiche. Du musst deine Sachen packen. Sofort. Jetzt wird es richtig aufregend. Wir haben eine Gauklertruppe kennengelernt, so richtig fahrendes Volk. Ich habe Pantomime mit denen geübt und fühle mich so wahrhaftig.«

Bei der Stimme sollte die auf jeden Fall Pantomime machen.

»Ich bin so froh, dass wir nicht ans Meer gefahren sind. Urlaub am Meer, das ist so mainstream, so bourgeoise. Aber hier ist alles so echt und erdig. Wir stehen jetzt auf dem Marktplatz in Tours, das ist direkt an der Loire. Es ist so sehr französisch. Wusstest du, dass hier die kommunistische Partei Frankreichs gegründet wurde? Wahnsinn, oder? Meld dich. Nein, nein. Meld dich nicht. Komm her.«

Ich höre die Nachricht dreimal ab. Wie bescheuert ist diese Frau? Echt und erdig? Heißt das, sie schläft mit dem Schlafsack direkt auf dem Kopfsteinpflaster der Fußgängerzone oder was? Und wie, wenn nicht »so französisch« soll sich das Land hier sonst anfühlen? Und was ist wohl französisch für dieses alltagsferne Geschöpf? Dass alle Männer mit einem Baguette unter der buschigen Achselhöhle und einer Filterlosen im Mundwinkel rumlaufen? Baskenmützen und Café au lait? Aber Urlaub am Meer ist »mainstream«?

Oh Gott, ich kenne diese Art Frau. Sie wollen immer ihren eigenen Weg gehen. Aber niemals alleine. Sie brauchen Publikum. Solche Frauen behaupten »Ich sage einfach immer, was ich denke. Ich kann gar nicht anders. Damit ecke ich leider oft an.«

Und sie sehen nicht, dass sie anecken, weil sie nicht denken, sondern reden. Sagen tun die meist nichts. Für diese Art Frau sind andere Menschen nur Statisten in ihrem eigenen Film. Und sie sagen gerne: Ach, ich könnte ein Buch über mein Leben schreiben. Aber dazu kommen sie nicht, weil sie erst noch irgendwas twittern müssen oder auf ein geiles Konzert gehen. Das ist dann in einem kleinen Club, niemals in einer großen Halle. Und dann fühlen diese Frauen sich total crazy. Danach gehen sie in die neueste angesagte Bar, um sich doch wieder von einem Langzeitstudenten der Elektrotechnik aushalten zu lassen. Bah. Dem erzählen sie, wie unglaublich sie sind und der nickt dann natürlich brav, weil er die Chance zum Austausch von Körperflüssigkeiten wittert.

Meine Enttäuschung erlebt eine Transformation. Sie steht auf und wandelt sich in Wut. Was denkt diese Möchtegern-Fee sich eigentlich dabei, dauernd in Gestalt einer Möhre vor Nikos Augen zu baumeln?

Will sie einfach ausprobieren, wie lange er sich so verarschen lässt? Oder braucht sie ihn einfach als Umschlag B, als zweite Wahl in der Nähe? Falls diese Gaukler merken, dass die gute Lilly eine einzige Mogelpackung ist und sie vor die Tür (oder das Zelt) setzen, hat sie immer noch Niko in der Nähe. Sie schwingt sich von Trapez zu Trapez und Niko ist das Auffangnetz für ihre Luftnummer.

Und wieso »Nikolausi«? Heißt er in Wirklichkeit vielleicht Nikolaus? Oder nennt sie ihn so, weil sie sich selber als Christkind sieht? Das wird ja eine schöne Bescherung. Ich kann nicht anders und scrolle in Nikos Adressbuch. Hat er Lillifees Nummer vielleicht mit einem Bild hinterlegt? (Ich habe Arnes Nummer mit dem Foto einer Kuh kombiniert. Fand er blöd.)

Ich stocke. So sieht sie also aus. Ich starre dieses Wesen an. Diese Frau hat sich ganz verrucht einen Hut tief in die Stirn geschoben und hält ihre gespreizten Finger vors Gesicht. Dazu trägt sie einen fingerlosen schwarzen Netzhandschuh. Billiger geht es echt nicht. Ich halte mir das Handy ganz nah vor die Augen und sehe in einen lasziven und völlig überschminkten Blick. Die riesigen Kreolen, die eckigen Fingernägel! Diese Frau findet sich so sexy und verwegen, so wild und verführerisch. Und natürlich hält sie sich für viel zu gut aussehend für Niko. Das liegt auf der Hand. Sie spielt mit ihm. Lässt ihn wie ein Groupie hinterherreisen. Ich muss plötzlich lachen. Was für eine abstruse Polonaise bilden wir hier bitte? Wenn Arne wüsste, dass er im Grunde einer durchgeknallten Studentin der Filmwissenschaften folgt, würde er durchdrehen. Obwohl – eigentlich würden gerade die beiden super zusammenpassen. Die könnten sich stundenlang gegenseitig erzählen, wie toll sie sind, und hinterher beide das Gefühl haben, sie hätten ein sehr gutes Gespräch geführt.

Ich gucke Martha und Karl-Werner an, die sich schon wieder hinten ins Auto gesetzt haben.

»Wir können jetzt«, ruft Martha fröhlich.

Was können die jetzt? Sich wieder wie erwachsene Menschen benehmen? Eigentlich können die mich mal. Wo soll ich jetzt hin? Ich will nicht mehr ans Meer. Nicht alleine mit einem frisch versöhnten Paar. Ich fahre langsam los, fädele mich wieder ein und setze spontan den Blinker. Wir folgen dem Pfeil ‹Tours›. Ich habe noch keinen Plan. Hinter mir hat keiner gemerkt, dass wir vom richtigen Weg abgekommen sind. Ich habe irgendwie bei dem leisen Gekichere hinter mir das Gefühl, dass da eh gerade jemand vom Pfad der Tugend abkommt. Ich drehe den Rückspiegel zur Seite. Sollen die mal unter sich sein.

Niko fehlt mir. Ich mochte seine Art, so unbreitbeinig zu sitzen. Ich hasse es, wenn Männer ihre Oberschenkel so spreizen. Vielleicht saß Niko aber auch wegen des riesigen Rucksacks so. Ich fand sein T-Shirt klasse. Ganz klein stand da oben ‹Betty Ford Klinik› drauf. So etwas finde ich sehr witzig. Außerdem hatte er so eine Art, sehr angestrengt zu gucken, wenn ich was gesagt habe. Als wollte er wirklich verstehen, was ich meine. Das tun nicht viele Typen. Vielleicht ist mir hier aber auch einfach nur langweilig und ich mache mir zu viele überflüssige Gedanken. Ich sollte mir wohl eher eine Ausrede überlegen, wenn meine plötzliche Streckenänderung auffliegt. Zur Not könnte ich natürlich einfach mit piepsigem Stimmchen sagen: »Ach, da habe ich wohl mal wieder die Karte falsch herum gehalten, ich Dummerchen.« Aber das ist mir eigentlich zu blöd.

Per SMS teilt Merle mir ihre neuen Pläne mit. Ich reiche das Handy nach hinten.

»Martha, lies mal eben vor.«

»Hi. Habe noch eine viel geilere Idee. Ich gründe so ein Facebook für kleine Kids. So was wie Childbook. Wenn die Eltern denen eh schon dauernd das Tablet oder Smartphone in die Hand drücken, können die auch auf Seiten gehen, die eigens für sie gemacht sind. Außerdem können die Kids da auch meine Songs runterladen und ich werde berühmt. XXX«

»Wer ist das?«, will Martha wissen.

»Meine Schwester. Sei froh, dass Arne nicht die auserkoren hat in diesem Jahr«, lache ich.

Ich finde Merles neue Idee nicht so prickelnd und rufe sie – eher aus Langeweile, denn aus Mitteilungsbedürfnis – gleich an.

»Merle, hübsche Idee. Aber muss man die Kids mit so einem Mist noch ins Netz locken? Die sollen mal alle vor die Tür gehen und bolzen oder so.«

Ich kann *sehen*, wie Merle die Augen verdreht.

»Wo lebst du? Die Kinder sind eh dauernd online. Die Zeiten, in denen Kids ungestört auf der Straße Gummitwist machen können oder wollen, sind vorbei«, stöhnt sie.

»Darf ich dich daran erinnern, dass ich als Babysitterin gejobbt habe? Ich habe Kids betreut, die simsen, aber sich nicht selber den Po abwischen konnten«, meckere ich.

»Maike, willst du jetzt auch Klettverschlüsse verteufeln und fordern, dass alle Kinder erstmal eine Schleife lernen? Willst du alle Digitaluhren verbieten, damit alle die Uhr lernen?«

»Ehrlich gesagt, fände ich das gut.«

»Du bist so old-fashioned. Färb dir doch die Haare grau, das würde passen«, lacht sie.

»Wie willst du deine tolle Idee eigentlich praktisch umsetzen?«, frage ich zuckersüß und weiß, dass ich sie damit treffe. Praxis ist nicht so ihr Ding.

»Komm mir nicht mit so trivialen Fragen. Es ist die große Idee, die zählt«, erklärt sie mir gewichtig. Um dann atemlos anzufügen: »Ups. Jetzt gibt es Ärger. Habe heute morgen eine Wand von meinem Zimmer mit Graffiti verziert. Gleich wird es laut.«

Süß. Da will sie das Internet revolutionieren und wohnt noch in ihrem Kinderzimmer. Naja. Apple wurde ja auch in einer Garage gegründet, oder?

Als wir das nächste Schild ‹Parkplatz in 7 Kilometern› passieren, liegt schon wieder diese Hand auf meiner Schulter.

»Fahr da mal raus«, flüstert mir Karl-Werner ins Ohr.

Das kann doch nicht wahr sein. Die letzte Pipi-Pause ist keine halbe Stunde her. Wie macht der das im Alltag? Aber ich setze lieber brav den Blinker, ehe hier noch ein Malheur passiert.

»Warum halten wir schon wieder?«, will auch Martha erstaunt wissen.

»Das wirst du gleich erfahren, meine Liebste«, antwortet Karl-Werner geheimnisvoll. Als wir drei endlich vor einer Beton-Sitzgruppe stehen, geht Karl-Werner tatsächlich vor Martha auf die Knie. Er hält ihre Hand – oder vielleicht hält er sich auch daran fest. Ehrlich gesagt schwankt er ein bisschen.

Er räuspert sich feierlich und ich mache automatisch ein paar Schritte zurück. Ich fürchte, ich bin hier gleich so etwas von überflüssig.

»Martha, meine Teuerste«, beginnt Karl-Werner theatralisch.

»Vor einigen Jahren hat uns das Schicksal zusammengeführt. Wir waren wie zwei einsame Fische, die im Trüben dümpelten.«

Martha zieht eine Augenbraue hoch. Offenbar möchte sie nicht so gerne mit einem Fisch verglichen werden. Ich beiße mir auf die Unterlippe, um nicht zu lachen.

»Doch seitdem wir zusammen schwimmen, ist das Wasser wieder klarer. Zusammen trauen wir uns in neue Gewässer. Und schau uns nun an. Diese Reise ist wie ein reißender Fluss«, macht Karl-Werner tapfer weiter. Irgendwie ist er ja süß. Und wenn man die Augen schließt und sich ganz fest anstrengt, könnten die vorbeifahrenden Autos auch Meeresrauschen sein.

»Keiner weiß, wohin uns diese Reise und die Reise unseres Lebens noch führt. Aber ich möchte alles an deiner Seite erleben.«

Der Mann räuspert sich nochmals, offenbar ist er von sich selber ein bisschen ergriffen.

»Und deswegen möchte ich dich, Martha, nun fragen, ob du meine Frau werden willst?«

Martha starrt auf den knienden Karl-Werner.

»Hättest du mich das nicht in Paris fragen können? In der Stadt der Liebe? Soll ich zuhause erzählen, dass du mir auf einem Autobahnrastplatz einen Antrag gemacht hast?«, fragt sie verzweifelt zurück.

»Ist das ein Ja?«, fragt Karl-Werner überfordert zurück.

Martha lässt seine Hand los und er kommt bedenklich ins Schwanken.

»Aber wo sollen wir denn wohnen?«, will sie nun wissen.

»Bei mir natürlich. Wenn du willst, trag ich dich auch über die Schwelle.«

Martha zieht die Stirn kraus. Vor ihrem inneren Auge scheint der Film Ehealltag vorbeizueilen. Sie wird jeden Morgen neben Karl-Werner aufwachen, jeden Abend neben ihm einschlafen. Sie wird ihn hören, riechen und sehen. Der Film gefällt ihr offenbar nicht.

»Hast du überhaupt einen Verlobungsring?«, will sie nun wissen.

»Nun, nicht direkt. Ich dachte, den willst du vielleicht selber aussuchen«, weicht der Antragsteller aus, der mittlerweile unter leichtem Stöhnen aufgestanden ist.

Er tut mir ein bisschen leid. Er hätte sich so über ein flammendes »Ja« gefreut, aber so richtig gut vorbereitet war der Antrag nun nicht gerade. Vielleicht ist er ein bisschen aus der Übung.

»Karl-Werner. Ich will deine Geliebte bleiben. Ich war schon Ehefrau. Die Rolle kenne ich. Aber ich möchte an deiner Seite aufregende Abenteuer erleben. Und ich möchte dich auch mal vermissen können. Das kann ich nicht, wenn du dauernd da bist.«

Sie geht auf ihn zu und nimmt ihn in den Arm.

»Heiraten können wir auch später irgendwann noch«, tröstet sie ihn. »Man sollte sich nicht zu jung binden.«

Karl-Werner scheint diese Antwort zu reichen. Er streichelt ihr über die Wange.

»Stimmt, eigentlich wollte ich ja immer schon eine Geliebte haben«, grinst er.

Lisa meldet sich mal wieder und ich wende mich von dem verliebten Pärchen ab.

»Maike. Ich habe da mal eine Frage.« Ihre Stimme klingt ziemlich streng. »Der Fabian weiß auch, dass du Bettwäsche vom 1. FC Köln hast.« Sie macht eine dramatische Pause. »Ich dachte, wir erzählen uns alles.« Wieder Pause.

Ich schließe kurz die Augen.

»Lisa, Süße. Ich erzähle dir alles. Alles, was irgendwie wichtig ist. Diese Sache damals mit Fabian hatte ich am Morgen danach schon fast vergessen. Ich erzähle dir ja auch nicht, wenn ich abends kurz vorm Einschlafen doll pupsen muss.«

»Ich habe übrigens auf Lautsprecher gestellt«, sagt Lisa schnell. Im Hintergrund höre ich einen kurzen Aufschrei, dann ein Gerangel. Offenbar hat sich Fabian das Telefon geschnappt.

»Ich war ein riesiger Furz?«, schreit er mich an.

»Nein, natürlich nicht.« Ich mache die Augen noch fester zu. »Aber wir haben doch beide gemerkt, dass das nicht für mehr gereicht hat. Außerdem kann so ein dicker Pups auch ganz erleichternd sein«, schiebe ich hinterher.

»Ich war also quasi nur heiße Luft«, schlussfolgert Fabian ganz sachlich. Im Hintergrund höre ich Lisa herzhaft lachen. Warum bringt die mich in so eine saudoofe Situation? Kurzerhand schwenke ich um.

»Hör zu Fabian. Ich wusste einfach, dass Lisa total auf dich steht. Die hat mir stundenlang von deinen tollen Augen, deinen langen Wimpern und deinen schmalen Händen vorgeschwärmt. Da konnte ich ihr ja wohl kaum das von uns erzählen. Ich hätte ihr doch nur unnötig weh getan.«

Am anderen Ende wird wieder gerangelt. Lisa meldet sich atemlos.

»Was erzählst du da für einen Quatsch?«, will sie wissen.

»Das kannst du jetzt Fabian in aller Ruhe erklären«, lache ich nur und lege auf. Ich frage mich kurz, wem Fabian noch alles von meiner Bettwäsche erzählt hat.

Als wir kurz vor Le Mans sind, meldet sich Niko. Ich kann es erst gar nicht glauben. Ich hatte nicht wirklich damit gerechnet, nochmal von ihm zu hören. Und er ist noch nicht mal sauer, dass wir nicht gekommen sind. Im Gegenteil. Er will sich bei mir entschuldigen. Weil er nämlich in einem LKW sitzt und nicht genau weiß, wohin er gerade fährt.

»Ich hatte den Fahrer nur gefragt, ob er mich ein Stück die Küste mit runter nehmen kann. Ich musste dringend mal einkaufen gehen. Rasierschaum, Shampoo und so ein Zeug. Außerdem kann ich es mir nicht leisten, dauernd in Cafés zu essen. Ich wollte auch ein bisschen Wurst und Käse und Brot kaufen. Und jetzt hat der seit zwei Stunden nicht gehalten und ich verstehe nicht, was er sagt.«

»In welcher Sprache unterhaltet ihr euch denn«, erkundige ich mich vorsichtig.

»Auf Französisch. Ich zumindest«, behauptet Niko ein bisschen bockig. »Als ich gerade auf sein Handy gezeigt und ‹Maman› gesagt habe, hat er sofort verstanden, dass ich meine Mutter anrufen will. Er antwortet in einer Sprache, die ich noch nie gehört habe. Könnte klingonisch sein.«

»Ich wusste gar nicht, dass du Französisch sprechen kannst.«

»Immerhin hatte ich zwei Jahre in der Schule. Und ein bisschen was ist hängen geblieben.«

»Du schreist ihn jetzt sofort an und sagst ihm, dass er auf der Stelle anhalten soll. Brüll einfach so laut du kannst: Stop! Das versteht man in jeder Sprache.«

»Das traue ich mich nicht. Der denkt doch, ich will ihn überfallen, und dann zückt der ein Messer oder haut mir seine Thermosflasche über den Schädel.«

»Was genau hast du ihm denn in deinem schönsten Siebte Klasse-Schulfranzösisch gesagt?«

»Ich habe cote gesagt. Und die Küste runter gezeigt. Er sollte an der Küste entlang fahren bis zum nächsten Supermarché und mich dann rauslassen. Es ist so heiß und da hatte ich keine Lust zu laufen. Der Weg lag in der prallen Sonne und ich habe den fetten Rucksack dabei.«

Ich lache laut.

»Wer weiß? Vielleicht bist du ja gerade auf dem direkten Weg an die Côte d'Azur? Ich vermute, dein Brummifahrer hat das so interpretiert. Deine Lilly ist übrigens gerade unterwegs ins Landesinnere.«

»Wieso das denn? Ich dachte, die kommt jetzt auch endlich zur Küste.«

»Sie wird jetzt Gauklerin bei einem Flohzirkus und übt sich in Pantomime. Vielleicht solltest du das auch mal bei deinem klingonischen Chauffeur versuchen. Bestimmt lässt er dich dann frei«, schlage ich ihm vor.

»Und wo gaukelt sie?«

»Auf dem Marktplatz von Tours«, sage ich noch und dann höre ich nichts mehr. Ich starre mein Handy an. Hat Niko jetzt einfach aufgelegt? Das ist ja frech. Und wie will er dem Trucker jetzt klar machen, dass er sofort nach Tours muss, um seiner deutschen Fast-Freundin bei französischer Pantomime auf dem Marktplatz zuzuschauen? Ich starre weiter auf das Display und stelle fest: Das Handy ist tot. Der Akku ist leer. Das darf doch nicht wahr sein. Natürlich habe ich ein Ladekabel fürs Auto. Leider passt der nicht in den Nachkriegs-Zigarettenanzünder des Autos. Als dieser Escort gebaut wurde, gab es noch keine Handys. Da gab es wahrscheinlich Telefone mit Wählscheiben. Und Samtbezug. Klar ist: Ich muss sofort das Handy aufladen. Ganz unten in meiner großen Reisetasche habe ich auch das Steckdosenkabel. Jetzt brauche ich nur noch eine Steckdose. Als ich bei der nächsten Raststätte rausfahre, wird es hinten laut.

»Willst du schon wieder halten? Und wieso sind wir eigentlich noch nicht am Meer? Ich habe das Gefühl, diese ganze Reise findet auf französischen Autobahnen und in französischen Raststätten statt«, beschwert sich Martha.

Ich improvisiere.

»Habt ihr das etwa nicht gehört? War doch die ganze Zeit im Radio. An der französischen Küste gibt es eine riesige Algenplage. Es sind schon Menschen mit Verätzungen und Atemnot ins Krankenhaus gebracht worden«, erkläre ich mit dramatischer Stimme.

»Das ist ja furchtbar«, findet Martha sofort.

»Und wo fahren wir jetzt hin?«, will Karl-Werner wissen.

»Ich dachte, wir schauen uns ein bisschen das Landesinnere an. Frankreich hat so viele schöne Facetten«, behaupte ich und schaue auf das hässliche Autobahnrestaurant aus den 60er Jahren.

»Also, von mir aus könnten wir eigentlich auch mal langsam wieder nach Hause fahren«, teilt Martha mir mit.

Ich drehe mich um und starre sie an.

War das nicht ihre Idee, dass sie mit wollte?

»Entschuldigung, aber hattest du nicht schon Hüfthalter, Angora-Unterwäsche und Gesundheitsschuhe in den Koffer gepackt, ehe ich dieser spontanen Reise überhaupt zugestimmt hatte?«

Sie guckt seitlich aus dem Fenster. Karl-Werner tätschelt ihre Hand.

Hatte sie mich nicht mit Tränen in den eh schon wässrigen Augen wie ein waidwundes Kitz angesehen und gehaucht, dass eine Reise nach Frankreich quasi ihr letzter Herzenswunsch sei? Und jetzt?

»Ist morgen euer Kegelabend? Bin ich denn nur eure Taxifahrerin? Ich dachte, wir wollten zusammen ein Abenteuer erleben?« Ich komme nicht dazu, meine Wut weiter in Worte zu fassen. Es klingelt schon wieder. Jetzt ist es Nikos Handy. Er ist selber dran.

»Hast du gerade einfach aufgelegt?«, will er natürlich wissen.

»Nein. Nein. Mein Handy ist leer. Ich muss mir jetzt irgendwo eine Steckdose suchen. Der Akku von deinem ist auch schon in den Knien. Meld dich doch später nochmal.«

Ich lege auf und sofort fängt Martha wieder an.

»Das war doch schon ein hübsches Abenteuer. Wir haben den Eiffelturm gesehen und waren in Dijon«, findet sie. »Dann können wir doch jetzt umdrehen.«

Ich drehe mich zu ihr, tätschle ihre Polyester-Jacke und sage leise: »Ich habe mir schon gedacht, dass das alles zu viel für dich wird«, sage ich mit leiser, mitfühlender Stimme. Sie guckt irritiert.

»Arne hatte mir ja schließlich erzählt, wie schwach du schon bist. Dass sogar das Treppensteigen dir mittlerweile schwerfallen würde. Ich mache mir jetzt schon fast Vorwürfe, welche Strapazen ich dir zumute«, schiebe ich nach.

Sie drückt ihren Rücken durch, strafft ihre Schultern.

»Was hat Arne behauptet? Ich sei schwach? Ich käme die Treppe nicht mehr hoch? Karl-Werner, was sagst du dazu?«, empört sie sich.

»Das ist wirklich eine Frechheit von deinem Enkel«, ereifert sich Karl, der Käfer. »Andere sind mit 30 schon rostig. Du bist total rüstig.«

Wenn irgendjemand jemals behauptet, ich sei rüstig, weiß ich: Ich bin alt. Dazu muss vorher niemand meinen Hals mit dem einer Schildkröte vergleichen und die Falten in meinem Gesicht glätten wollen.

»Martha, wir geben jetzt nicht auf. Willst du dir nächste Woche von der Meier wieder erzählen lassen, wie aufregend und exotisch ihre Bustour nach Frankreich war? Die Alten werden da kurz hinter der Grenze auf einem runtergewirtschafteten Hof rausgelassen, mit Likör abgefüllt und kommen mit überteuerten Fresskörben nach Hause. Oder mit Massagehandschuhen oder Geräten zur Messung der Knochendichte. Was meinst du, wie die guckt, wenn wir quer durch Frankreich gefahren sind und Senf aus Dijon und was-weiß-ich-noch im Koffer haben. Vielleicht Trüffel oder Champagner oder so. Wir haben das Foto von uns vor dem Eiffelturm. Martha. Wir werden was erleben. Das ist vielleicht unsere letzte Chance.«

So viel am Stück hat der Mann noch nie gesprochen. Er ist richtig atemlos. Und ich merke plötzlich, dass in dem Mann auch Leidenschaft steckt.

Ich drehe mich wieder zum Steuer, suche uns eine Parklücke und steige aus. In der miefigen Gaststätte schiebe ich Martha und Karl Richtung Sitzgruppe.

»Bestellt euch schon mal einen Kaffee. Ich komme gleich wieder zurück.«

Meine Gebete werden erhört. In der Damentoilette ist eine Steckdose. Ich stöpsle mein Telefon ein, wasche mir mal die Hände, richte meine Frisur ein bisschen und stehe dann blöd in der Gegend rum. Ich lehne mich an die Wand und beobachte mich im Spiegel.

Wie sehe ich aus?

Wie eine sitzengelassene Frau?

Wie eine Frau in einem obskuren Road-Movie?

Wie eine Frau auf einem Rachefeldzug, die zwei Senioren als Gefangene quer durchs Land kutschiert?

Ich sehe eigentlich aus wie immer. Ich bin mir nicht sicher, ob das gut ist.

Was mich besonders nervt: Andauernd stellen sich Frauen neben mich und fixieren sich und auch mich im Spiegel. Klar, sie denken, alle Kabinen seien besetzt und ich wäre die nächste in der Warteschlange. Immer wieder muss ich gestikulieren und klar machen, dass ich hier nur so rumstehe und mich selber beobachte. Was mich am meisten nervt: Kaum jemand wäscht sich nach dem Toilettengang die Hände. Bäh. Plötzlich erscheint Martha auf der Bildfläche.

»Hier bist du. Wir machen uns schon Sorgen. Warum versteckst du dich auf dem Klo?«

»Ich lade hier mein Handy auf. Das ist ja auch wichtig, damit Arne uns erreichen kann. Und dein Sohn natürlich.«

»Das ist mir eigentlich total egal. Außerdem könnten die ja auch einfach auf meinem Handy anrufen, oder? Wir wollen jetzt weiter. Der Kaffee war eine Katastrophe. Viel zu stark und zu bitter. Ich werde die ganze Nacht nicht schlafen können«, teilt sie mir mit. Immerhin kann sie jetzt mal kurz mein Handy bewachen, während ich aufs WC gehe. Auf die Idee, dass ich auch mal kurz einen katastrophal starken Kaffee bräuchte, kommen meine Gruftis nicht. Egal.

Wir machen uns wieder auf den Weg. Immerhin habe ich jetzt Strom für ein kurzes Gespräch später. Ich suche gerade mal wieder einen neuen Radiosender, als mir Karl »LE MANS« ins Ohr brüllt. Ich sehe das Autobahnschild an uns vorbeifliegen und bestätige: »Richtig, wir sind gleich in Le Mans.«

»Da muss ich hin. Fahr raus. Los, fahr raus«, brüllt er wieder und haut mir immer wieder auf den rechten Arm. Ich habe Angst, dass er sich gleich über mich wirft und das Lenkrad rumreißt.

»Finger weg. Außerdem ist die Ausfahrt erst in zwei Kilometern«, brülle ich zurück.

»Gut. Dann fahren wir eben in zwei Kilometern ab«, willigt er zufrieden ein.

»Warum?«, frage ich vorsichtig und drossele den Wagen auf ungefähr 80 Stundenkilometer. Wer weiß, wie lange die Antwort dauert. Hinter mir macht ein Brummifahrer ein paar Mal Lichthupe und blendet mich ganz gemein.

»Ich habe jahrelang an Autos gearbeitet, die am 24-Stunden-Rennen von Le Mans mitgefahren sind. Einer hat sogar mal gewonnen. Ich muss die Strecke einfach sehen. Das Rennen führt nicht nur über die Rennstrecke, sondern auch durch die Stadt und über Landstraßen«, erklärt er begeistert.

»Du warst früher Auto-Konstrukteur? Cool. Für welche Autos denn?«

»Ich habe für verschiedene Modelle gearbeitet. Eine wirklich aufregende Zeit«, erläutert er und klingt, als habe er die Rennwagen eigenhändig aus dem Ganzen gefräst.

»Karl-Werner war in der metallverarbeitenden Industrie und in seiner Firma wurden auch die Ringe aus Aluminium gestanzt, die später um die Tachometer in den Autos kamen«, sagt Martha gewichtig.

Wow. Was für ein Mann. Ein kleiner Ring für das Auto, ein großer Heiligenschein für Karl-Werner, den Großen. Wie kann ich da Nein sagen? Ich setze den Blinker. Immerhin müssen wir auch die nächste Übernachtung ins Auge fassen. Warum nicht in dieser Autostadt?

»Wie wäre es, wenn wir uns eine schöne Pension suchen und ihr euch da noch diese historische Rennstrecke anguckt oder abwandert?«

Schon der erste Teil meines Vorschlags erweist sich als schwierig. Ich suche ewig nach einem ‹chambre libre›. Kurz vor der Kapitulation werden wir fündig. Ein Restaurant – eher Eckkneipe – hat ein grünes Chambre-Schild im Fenster baumeln. Das letzte verfügbare Zimmer ist natürlich ein Doppelzimmer. Aber ein sehr großes Doppelzimmer, erklärt mir der Wirt. Außerdem stehe da noch eine Couch drin, auf der eine so schmale Person wie ich bestens übernachten könne. Wahrscheinlich war es dieses völlig unerwartete Kompliment, das mich einwilligen lässt. Natürlich ist Karl-Werner im Grunde seines Herzens Kavalier. Aber er verweist nur kurz auf seinen Rücken, stammelt was von »Bandscheibenvorfall« und es ist klar, wer hier auf der Couch schlafen wird.

Eigentlich bin ich für ihn als Frau eine schützenswerte Spezies, er als alter Mann ist aber offenbar noch fragiler. Wenn zwei Randgruppen aufeinandertreffen, ist einer doch mehr in der Mitte. Die Couch macht mir nicht so Sorgen. Eher die Frage: Was mache ich, wenn es mitten in der Nacht zu Aktivitäten kommt? Wenn Karl und Marthchen im Schutze der Dunkelheit Dinge tun, die ich mir nicht vorstellen möchte und die ich auch nur akustisch als Zumutung empfinde? Ich gönne es ihnen. Aber ich habe auf dieses Kopfkino einfach keine Lust. Vielleicht schnarcht aber Karl-Werner auch nur und hält mich dadurch wach. Ich beschließe, mir später Gedanken darüber zu machen, und lotse die beiden in die Gaststube. Was immer heute Nacht noch passiert, ich möchte es nicht mit leerem Magen erleben. Wir bestellen und ich frage den Wirt sofort, wie man am besten zu dieser Rennstrecke kommt. Er fragt erstaunt, ob wir auch zu dem Rennen wollten.

»Was für ein Rennen?«, frage ich vorsichtig zurück.

Ich erfahre, dass hier ein dreitägiges Stockcar-Rennen im legendären Circuit Bugatti über die Piste geht. Stockcar-Rennen! Ausgerechnet. Kaputte, getunte Autos fahren mit großem Geknatter im Kreis und versuchen, sich gegenseitig zu rammen. Deswegen sind die Hotels also fast alle ausgebucht. Ich bringe es Martha und Kfz-Karl schonend bei. Erkläre ihnen, dass es etwas anders sei als bei einem normalen Rennen. Die Sache ist schnell entschieden. Martha weigert sich, die Strecke auch nur von weitem anzusehen. Eine historische Straße, auf der gerade nicht gefahren würde, das wäre doch hübsch gewesen. Aber stinkende Autos wolle sie nicht riechen und hören. Und überhaupt habe sie damals eine Bürgerinitiative gegen den Durchgangsverkehr in Sexau geleitet und dafür sogar mal einen Sitzstreik vor dem Rathaus gemacht. Da könne sie sich ja jetzt nicht als Anhängerin des Motorsports outen.

»Du hast auf einer Bank vor dem Rathaus gesessen«, erinnert sie Karl.

»Der gute Wille zählt«, faucht Martha zurück und löffelt weiter ihre überbackene Zwiebelsuppe. Zwiebeln. Das kann ja ein Spaß werden heute Nacht. Martha und Karl einigen sich darauf, dass sie sich den stinkigen und lauten Besuch sparen, Martha aber im Dorf erzählen wird, Karl sei sogar über die Strecke gefahren.

»Das ist ja eigentlich auch gar nicht gelogen. Produkte von mir sind ja rundenweise über den Parcours gefahren. Damit war ich ja quasi schon da. Außerdem geht ja die eigentliche Strecke auch durch die Stadt – und wir sind ja in der Stadt«, erklärt er mir den Betrug.

Nennt man das jetzt wohl partielle Wahrnehmungsverschiebung?

Mein Plan sah eigentlich so aus, dass Omi und Opi jetzt brav ins Bett gehen, ich mir irgendwo mit etwas

Bier oder einem schweren französischen Wein genug Bettschwere antrinke und damit später in einen komatösen Schlaf falle. Doch Omi und Opi wollen nicht ins Bettchen. Sie wollen auf die Piste. Ich hatte vergessen, dass das Schlafbedürfnis im Alter wohl wirklich sinkt.

»Frankreich ist ja schließlich bekannt für sein Nachtleben«, behauptet Karl und zwinkert mir zu. Was will er mir damit sagen? Wollen die beiden noch in eine Table-Dance-Bar? Ich erkundige mich kurz bei der Bedienung, wo hier genau das Nachtleben pulsiert, und schicke Martha und ihren Geliebten los.

»Nur die Straße runter und dann die zweite rechts. Da soll es mehrere gute Bars und Etablissements geben«, verspreche ich ihnen. Nachdem die beiden sich oben frisch gemacht haben, zieht eine riesige Wolke Tosca durch das ganze Wirtshaus. Ich bleibe einfach am Tisch sitzen und starre auf die Reste der eingetrockneten Zwiebelsuppe und warte, bis sie genug Vorsprung haben. Danach mache ich mich auch kurz frisch und bin raus. Natürlich gehe ich in die andere Richtung. Ich verbiete meinen Gedanken, auf sich aufmerksam zu machen und schaue einfach in den Nachthimmel. Je länger ich schaue, desto mehr Sterne tauchen auf.

Zwei Paare gehen laut redend und Händchen haltend an mir vorbei. Die französische Sprache ist einfach schön. Immerhin schaffe ich es auch, auf französisch einen Aperol-Spritz in der nächsten Bar zu bestellen. Ich setze mich an einen kleinen Tisch auf dem Bürgersteig, strecke die Beine aus und genieße mit geschlossenen Augen den ersten Schluck. Die Luft ist angenehm warm, aus der Bar kommt leise Gitarrenmusik. Eine ganz angenehme Schwere breitet sich in mir aus. Bis ich das Paar oben in der Wohnung sehe. Sie stehen nah voreinander, sie hat den Kopf gehoben. Er streicht mit einer Hand ganz leicht über ihre Wange und über ihren Hals. Plötzlich fühle ich mich nicht mehr alleine, sondern einsam. Ich fühle mich wie ein einsamer Spanner. Der Aperol schmeckt plötzlich bitter. Ein Windhauch kommt und ich fröstele.

Lisa sitzt bestimmt gerade auch in einer Bar und hat keine Ahnung, wie gut es ihr geht. Ich muss sie unbedingt anrufen, mit jemandem reden. Mist. Ich muss mein Telefon aufladen. Wollte sich Niko nicht noch melden? Ich zahle und gehe schnell zurück in unsere Pension. Von der Bar nehme ich mir noch schnell ein Bier mit hoch ins Zimmer. Dort finde ich viel. Unter dem Bett eine Kolonie von Staubmäusen, hinter der Couch eine einzelne Nylonsocke – was ich nicht finde, ist eine Steckdose. Das kann nicht wahr sein. Alle Kabel hier verschwinden direkt in der Wand. Vor einer Steckdose direkt neben der Tür ist eine Sicherungsplatte angebracht. Haben die hier Angst vor dem großen Stromklau? Befürchtet der dicke Wirt, dass ich hier ein Dutzend Autobatterien auflade? (Wenn das überhaupt geht). Ich gehe über den Flur ins Bad. Und da lacht sie mich direkt an. Eine hübsche Steckdose. Wieso ist ausgerechnet hier eine? Neben der Badewanne! Ich hole Telefon, Kabel, Bier und schließe mich ein.

Lisa meldet sich erst nach dem zehnten Klingeln. Im Hintergrund höre ich leise Musik. Ich atme auf.

»He, wie geht's? Funktioniert alles wieder wie gewohnt?«, frage ich froh.

Sie lacht laut.

»Wir testen das gerade und machen eine Tee-Party mit leichtem Salzgebäck. Süße, du glaubst nicht, wie gut mir dieser Virus getan hat. Ich habe drei Kilo abgenommen und fühle mich völlig gereinigt. So muss man sich nach dem Heilfasten fühlen. Himmlisch. Ich kann mich in der neuen weißen Jeans bücken! Ist das nicht der Hammer?! Und was für eine Kohle ich für die ganzen Cocktails gespart habe. Wahnsinn. Und du? Was macht dein Roadtrip? Bist du endlich wieder wohlbehalten zu Hause angekommen oder bist du noch auf der Flucht vor Arne?«

Ich räuspere mich.

»Ich bin immer noch in Frankreich«, fange ich an.

»Nicht dein Ernst.«

»Die gute Lilly ist jetzt in Tours. Niko irgendwo im Süden. Arne wird mittlerweile in Paris sein und Amok laufen, weil ich nicht ans Telefon gehe. Ich bin mit Oma und Karl in einer Pension und muss bei denen auf der Couch pennen. Aktuell habe ich mich im Klo eingesperrt, um mein Handy aufzuladen.«

»Maike?« Lisas Stimme ist plötzlich sehr ernst. »Was hast du eingeworfen?«

»Ich weiß. Das klingt ein bisschen verworren. Wenn ich es selber erzähle, merke ich erst, wie vielschichtig die Situation ist«, stimme ich ihr zu.

»Vielschichtig? Wenn das alles wirklich so stimmt, dann ist die Situation total bescheuert und du solltest sofort die Heimreise antreten und dich zumindest in ambulante Behandlung begeben.«

»Aber ich möchte Arne doch ärgern. Er soll schön Angst haben um seine Oma. Außerdem braucht Niko sein Handy. Seine gute Fee kann ihn doch sonst nicht erreichen.«

»Wer ist eigentlich genau dieser Niko?«

»So ein Anhalter.«

»Das hattest du bereits erwähnt. Ich brauche mehr Infos und ein besseres Bild.«

»Er ist sehr nett irgendwie.«

»Nett ist der kleine Bruder von scheiße.«

»Nein. Wirklich nett. So normal nett eben.«

»Und nachdem Mister Superman dich in der Einöde des Schwarzwalds mit seiner Großmutter sitzen gelassen hat, willst du dich jetzt mit so einem handzahmen Langweiler trösten? Ist es das?«

Ich überlege kurz.

»Nein. Das ist es nicht. Das ist so ein guter Typ, der gerade von so einer Zicke verarscht wird. Ich will ihn beschützen«, behaupte ich.

»Ausgerechnet du willst jemanden beschützen?«. Lisa lacht wieder glucksend. »Wenn irgendjemand auf deinen Schutz angewiesen ist, hat er echt ein Problem und bräuchte eher ein Zeugenschutzprogramm. Lass mich raten. Du hast bestimmt schon eine deiner berühmten Listen gemacht, wie du vorgehen willst. Maike, lass den Mist. Schwing deinen kleinen süßen Popo nach Hause. Wenn du Arne so richtig bestrafen willst, verteilst du Fotos mit seiner Handynummer in allen Schwulenbars und fertig. Dein narzisstischer Ex mit dem Mister-Lover-Lover-Image wird die Krise kriegen.«

»Das ist eine super Idee. Ein guter Freund von mir aus Kinderzeiten ist mittlerweile auch in Köln und schwul. Der kann mir bestimmt die besten Bars nennen«, lache ich.

»Ist das der, den wir neulich in der Mensa getroffen haben. Der mit der orangenen Sonnenbrille und dem Queen-Shirt?«

»Genau der. Der ist echt mega nett.

Aber was mache ich mit dem agilen Großmütterchen, wenn ich jetzt einfach abhaue?«

»Bring sie in einem sehr schicken, sehr teuren Hotel unter, empfehle ihr den Zimmerservice und sag Arne, dass er sie da auslösen kann. Das wird ihn zusätzlich ärgern.«

Ich höre, dass irgendjemand Lisa anspricht und sie auf Englisch antwortet.

»Wer war das?«

»Dave. Er hat mir einen neuen Kamillentee gebracht. Er ist ein irrer Ire.«

Gerade als Lisa anhebt, mir mehr von ihrem Tea-Time-Irren zu erzählen, klopft es, und zwar an meine Badezimmertür.

»Sorry, Süße, ich muss aufhören. Melde mich«, würge ich Lisa ab.

Vor der Tür steht eine französische Matrone. Bekleidet mit einem Badelaken, das nur sehr unzureichend ihre Rollen und Bollen bedeckt. Offenbar will sie sich jetzt in die Badewanne legen. Bei ihren Ausmaßen braucht sie dafür höchstens zwei oder drei Liter Wasser. Ich räume das Feld und setze mich wieder an die Bar, als Lilly eine neue SMS schickt.

»Wenn du endlich in Tours bist, können wir ja so richtig auf Touren kommen :)«

Die spinnt doch echt.

Als kurz darauf Niko anruft, lösche ich spontan die Nachricht. So einen Schwachsinn muss der wirklich nicht hören oder lesen.

»He, du ahnst nicht, wo ich bin!«, lacht er.

»In der Notaufnahme, weil dein Brummifahrer doch die Thermoskanne gezückt hat?«, frage ich vorsichtig und grinse mich im Spiegel zwischen den ganzen Flaschen vor mir an.

»Nicht ganz. Ich bin in St. Michel de chef chef. Hast du so was Verrücktes schon mal gehört? Ich habe vorhin dieses Straßenschild gesehen und meinen Brummifahrer sofort angebettelt, dass er mich rauslassen muss. Hat er verstanden. Chef-Chef! In so einem Ort muss man doch mal gewesen sein. Ich wohne in St.-Soundso-Chef-Chef. Das klingt so witzig. Ich kaufe jetzt dreißig Postkarten von diesem Kaff und schreibe allen, die ich kenne. Mir selber natürlich auch. Wenn du auch eine Chef-Chef-Karte bekommen willst, musst du mir nur deine Adresse sagen.«

»Für mich klingt das ein bisschen wie Sat-1-Film-Film«, albere ich zurück. Wieso freue ich mich, dass Niko nach meiner Adresse fragt?

»Genau. Stell dir vor, du guckst den Film-Film in Chef-Chef.«

»Dann sage ich jetzt bye-bye, oder wie?«

»Auf gar keinen Fall. Wo bist du überhaupt? Hat Lilly sich bei dir gemeldet? Also bei mir? Lass mich raten. Sie hat sich von dem Flohzirkus getrennt, weil es ihr überall juckt und sie versucht sich jetzt als Stand-up-Comedian?«

»Lilly hat es die Sprache verschlagen. Vielleicht hat sie sich jetzt ganz auf Pantomime verlegt.«

»Dann muss ich demnächst wohl mit ihr skypen«, erwidert Niko trocken. »Ich habe mir jetzt endlich ein Prepaid-Handy zugelegt. Jetzt kannst du mich auch ohne den Klingonen wieder anrufen.«

Ein Eimer mit eisigem Wasser wird gefühlsmäßig über mir geleert.

»Dann schicke ich dir jetzt Lillys Nummer und du kannst direkt mit ihr sprechen oder simsen«, sage ich kühl.

»Lass mal. So ist es irgendwie immer noch spannender«, antwortet er sofort.

Erst jetzt merke ich, dass es bei Niko im Hintergrund irgendwie rauscht. »Bist du am Strand?«

»Genau. Herrlich. Kommt doch auch. Hier gibt es noch viel mehr Meer.«

Ich schlucke trocken.

»Ich muss jetzt auflegen. Ich muss meinen Akku schonen«, bringe ich raus und gehe in unser Zimmer. Mein Herz pocht in den Ohren, hinter den Lidern, im Hals und hinter dem Bauchnabel.

Ich setze mich auf meine Schlafcouch, mache das Licht aus und versuche mal kurz zu überlegen, was ich jetzt tun will. Wo ich mich am liebsten hinbeamen würde. Es dauert gefühlte 17 Sekunden. Dann mache ich das Licht an, schnappe mir meine Jacke und gehe los. Ich treibe jetzt Martha und Lover auf, verkünde, dass ich mit sofortiger Wirkung raus bin, rufe Arne an und teile ihm den Aufenthaltsort seiner Großmutter mit. Dann setze ich mich in den fiesen Escort und fahre durch bis ans Meer. Das sind nur noch 170 Kilometer, sagt Google.

Schon beim ersten Schritt meines tollen Plans gerate ich ins Stolpern. Die Altstadt finde ich sofort, nur meine Mitreisenden nicht. Ich stehe in der Fußgängerzone zwischen ungefähr 200 sitzenden und gut gelaunten Menschen und sehe sie nicht. Auf Marthas Handy springt sofort die Mailbox an. Ein Kellner kommt auf mich zu, will mir einen Tisch seines Restaurants zuweisen. Ich sage ihm, dass ich keinen Tisch suche, sondern eine ältere Dame samt grauhaarigem Begleiter. Er kriegt einen leicht panischen Gesichtsausdruck.

»Kleine laute Frau mit komischen Schuhen und dickem Mann fast ohne Haare?«

Ich überlege kurz. Das könnte hinkommen.

»Waren die hier?«

»Malheuresement.«

»Und? Wo sind sie jetzt?«

»Vermutlich in Hospital.«

»Was? Warum Hospital?«, frage ich leise.

»Der Mann sterben fast, hatte geschrien Vergiftung. Dabei unsere Muscheln und Frittes absolutement frisch. Frechheit. Vergraulen andere Menschen.«

»Der Mann hat Muscheln gegessen?« Das passt gar nicht zu Karl. Der sieht eher nach Sauerbraten aus. Außerdem hatten wir doch vorhin gemeinsam zu Abend gegessen. Ich erinnere mich mit Gänsehaut an die überbackene Zwiebelsuppe.

»Après Schokoladentarte mit weichem Kern. Directement nach Espresso wurde er ganz grün und weiß und wieder grün. Ich habe gerufen Taxi. Wenn Sie fragen mich, er haben Herzinfarkt. So dick.«

Super. Karl-Werner ist mit einer Fischvergiftung und/oder einem Herzinfarkt und keinerlei Französisch-Kenntnissen auf dem Weg in ein mir unbekanntes Krankenhaus. Und meine Rache-Geisel ist bei ihm. Mist. Was, wenn den beiden hier was passiert? Dann bin ich doch schuld. Nur weil ich Arne ärgern wollte. Vielleicht sollte ich die Polizei informieren? Bonsoir, ich vermisse meine Ex-Schwiegeroma und ihren übergewichtigen Lover. Er leidet an Herz- und Magenschwäche. Ich weiß noch nicht mal, wie Karl-Werner mit Nachnamen heißt.

Oder kann es sein, dass er die heutige Mischung von Zwiebelsuppe, Muscheln, Pommes, warmem Schokoladenkuchen und Espresso nicht so ganz gut vertragen hat? Dass er doch eher an die gutbürgerliche deutsche Küche gewöhnt ist? Ich zücke mein Handy. Bei Martha wieder nur die Mailbox. Ich muss jetzt Arne informieren, ob ich will oder nicht. Seine Oma ist mit einer Magenverstimmung auf zwei Beinen im französischen Binnenland verschwunden. Er muss jetzt kommen und mir suchen helfen. Ich habe richtig Angst, dass den beiden was passiert.

Arne meldet sich nicht mit seinem Namen, sondern mit einem wortgewaltigen »WO BIST DU?« in sehr großen und sehr fetten Buchstaben.

Dass ich nicht dort bin, wo er mich vermutet hat, trifft ihn tief. Klar, bei den Spritpreisen in Frankreich. Dass ich aber auch leider seiner Großmutter verlustig gegangen bin, nimmt ihm kurz den Atem und die Stimme. Ihm wird wohl schlagartig klar:

- ☹ Wenn Oma was zugestoßen ist, während er auf sie aufpassen sollte, werden Mama und Papa das Studium-Sponsoring sofort einstellen.
- ☹ Er wird nicht mehr in den Semesterferien Ski fahren oder surfen gehen können.
- ☹ Außer: Er arbeitet während des Studiums.

Arne muss mich hassen.

»Hast du schon die Polizei alarmiert?«, brüllt er und klingt so, als würde er am liebsten gleich noch die Fremdenlegion, Amnesty und die UNO informieren.

»Nein. Ich bin schließlich nicht der Vormund deiner Großmutter. Sie darf sich ja schließlich von mir entfernen, oder?«

»Du als Vormund. Haha. Sich von dir zu entfernen, ist das Beste, was man eigentlich machen kann.«

»Du hast deine angeblich fast leblose und stets dösende Großmutter in meiner Obhut zurückgelassen, wenn ich dich erinnern darf.«

»Mir ist inzwischen mehr als klar, dass das ein Fehler war. Du warst ein einziger Fehler.«

»Wenn ein hinterhältiger Egoist wie du mich als Fehler beschimpft, werte ich das durchaus als Kompliment.«

»Jetzt sag mir endlich, wo du bist. Dann kann ich mich selber kümmern. Und danach möchte ich nie wieder irgendwelchen Kontakt mit dir«, faucht Arne.

Als ob ich weiter seine Gesellschaft suchen würde.

»Ich glaube nicht, dass wir uns noch mal zufällig über den Weg laufen. Vor allem nicht, wenn du demnächst in Freiburg studieren musst. Schau, da kannst du dann schön zu Hause in deinem Klein-Jungen-Zimmer wohnen und abends mit deinen Schlümpfen auf der Liegewiese spielen. Das ist viel billiger als Köln. Wo doch demnächst die Geldquelle versiegt. Wir weilen übrigens in Le Mans.«

Er legt wortlos auf. Ich vermute, dass er mit seinem PS-Wunder in knapp zwei Stunden hier sein wird. Dann kann er alle Krankenhäuser abklappern und Karl-Werner dann als Liegendtransport auf der Rückbank nach Hause kutschieren. Zumindest etwas beruhigt mache ich mich zu unserer Pension auf und beschließe, an der Bar noch einen Espresso zu trinken. Ich muss schließlich wach bleiben. Doch an genau dieser Bar sitzen Martha und Karl-Werner. Martha mit hochroten Wangen und aufgelöster Frisur und Karl hängt als fleischgewordener Absacker neben ihr auf einem Barhocker.

»Was macht ihr denn hier?«

»Maike-Maus«, lallt Martha. »Wie gut, dass du da bist. Karlchen wäre heute Abend fast gestorben. Er hatte eine akute Fischvergiftung. Er ist dem Tod gerade noch mal von der Schippe gesprungen. Wir desinfizieren gerade seinen Magen und seine Gedärme.«

Ihr Atem riecht, als könnte man ihn anzünden.

»Ich bin mir nicht sicher, ob eine Alkoholvergiftung die richtige Kur ist«, wage ich zu sagen.

»Papperlapapp. Alkoholvergiftung. So ein paar Magenbitter sind die beste Medizin«, brabbelt Karl-Werner und kann sich nur mit einem beherzten Griff an die Theke vorm Umfallen retten.

»Ich wusste gar nicht, dass man mit Schnaps eine Fischvergiftung heilen kann.«

»In erster Linie habe ich es meiner hervorragenden körperlichen Konstitution zu verdanken, dass ich noch lebe. Mit den paar Kurzen hier helfe ich meinem Körper nur, den Feind zu vertreiben«, behauptet Karl.

So eine schwachsinnige Argumentation habe ich nicht mehr gehört, seitdem meine Freundin Billy mit dem Rauchen angefangen hat, damit ihre Stimme verruchter und erotischer klingt.

»Vielleicht ist es aber trotzdem ganz gut, dass ich Arne angerufen habe. Er holt euch jetzt ab«, erkläre ich.

Die Wirkung meiner Worte ist enorm. Martha wird blass, Kalli hält sich noch ein bisschen fester am Tresen fest und stößt laut und sehr sauer auf. Die beiden tun so, als hätte ich verkündet, einen Berufskiller auf sie angesetzt zu haben.

»Das ist nicht gut«, erklärt Martha leise. »Am besten wir fahren sofort weiter.«

»Ich setze mich auf gar keinen Fall zu diesem Arne ins Auto«, verkündet Karl mit einer Stimme, die für seinen Zustand erstaunlich fest ist.

Dieser Arne? Ich gucke Martha fragend an. Die erklärt mir mit leiser Stimme, dass Arne vor mehreren Jahren das Herz von Katharina, Karls Enkelin, gebrochen habe. Er habe sie seinerzeit wegen einer Masseurin verlassen. Offenbar flüstert sie, damit Karl-Werner nicht allein durch die Worte wieder an seine gebrochene Enkelin erinnert wird. Martha senkt ihre Stimme noch ein bisschen weiter ab.

»Katharina hatte sich doch sogar Arnes Namen tätowieren lassen. Auf eine Pobacke.«

»Damit ist sie ja quasi gezeichnet fürs Leben«, kommentiere ich.

»Sie hat es dann ändern lassen. Auf der Backe steht jetzt ‹WARNE DICH›.

Ich muss mich auch am Tresen festhalten, sonst falle ich vor Lachen um. Warne dich? Wie blöd ist das denn? Obwohl: Andere Möglichkeiten, den Namen Arne zu kaschieren, fallen mir irgendwie auch nicht ein. Für meinen Lachkrampf kassiere ich einen bösen Blick von Karlchen.

»Außerdem rast der Arne immer so und ich will jetzt verdammt nochmal das Meer sehen«, schließt Martha mit fester Stimme.

»Ich packe jetzt. Wir fahren in 15 Minuten«, verkündet Karl plötzlich und gleitet von seinem Barhocker. Martha stützt ihn seitlich. Wir sind also nicht mehr nur auf den Fersen von Lilly und Niko, sondern gleichzeitig auf der Flucht vor Arne. An der Bar genehmige ich mir noch auf die Schnelle einen ‹Espresso doppio›. Der Wirtin erkläre ich, dass »Papa malade« sei und wir sofort abreisen müssten. Keine Ahnung, was sie versteht, aber wir müssen für das Zimmer nichts bezahlen.

Ich bin richtig dankbar, als Niko sich meldet. Ich muss ihm die ganze Story einfach erzählen.

»Warne dich? Hat die schlimme Blähungen?«

»Sie hätte natürlich auch eine andere Sprache wählen können. Dann hätte sie aus Arne Carne machen können. Das heißt Fleisch und beim Po stimmt das ja irgendwie.«

»Und überhaupt, es hätte sie ja viel schlimmer treffen können. Stell dir vor, dieser Arne hieße Bill. Dann hätte sie jetzt ‹billig› auf ihren Rundungen stehen.«

Ich muss kichern.

»Hast du dir auch schon den Namen von Prinzessin Lillifee auf empfindliche Körperteile stechen lassen?«, frage ich übermütig.

»Bist du wahnsinnig? Ich bin ein Junge, ich leide schnell. Und außerdem ist mein Körper so dermaßen männlich behaart, dass da jegliche Tätowierung zuwuchern würde.«

Da die Stimmung gerade gut ist, wage ich eine Frage.

»Hast du eigentlich das Gefühl, dass diese Lilly dich wirklich, so ganz wirklich, sehen will?«

»Tja, man könnte wirklich irgendwie das Gefühl bekommen, dass sie vor mir flieht. Diese ganze Reise erinnert mich mittlerweile an einen 400-Meter-Lauf, bei dem immer kurz vor Schluss das Ziel verschoben wird. Ich glaube, ich werde noch zum Marathon-Mann.«

»Beim 400-Meter-Lauf ist das Ziel ja auch gleichzeitig der Start«, sage ich und finde mich fast philosophisch.

»Du meinst also, wenn ich wirklich mal bei Lilly ankomme, fängt was Neues an?«

»Klar. Entweder ihr verliebt euch beide sofort und es ist der Beginn einer wundervollen 50-jährigen Lovestory. Oder es passiert nicht, und du fängst dein normales Leben wieder neu an. Vergangenheit ist Zukunft, die in die Jahre gekommen ist. Das sind einfach deine zwei Möglichkeiten.«

»Und was ist in Umschlag C?«

Ich stutze kurz.

»Den habe ich wohl verlegt«, sage ich verlegen.

»Maike, ich habe eine Idee. Kennst du diese Handy-Schnitzeljagd?«

»Ehrlich gesagt: nein.«

»Man bekommt per Handy irgendeinen Ort als Ziel mitgeteilt und wer zuerst da ist, hat gewonnen. Wie wäre es? Bist du dabei?«

»Das klingt für mich wie eine stinknormale Wettfahrt«, räume ich ein.

»Erschwerend kommt dazu, dass das Ziel sich dauernd ändert. So wie Lilly es permanent tut. Also: Wer zuerst bei Lilly in Tours angekommen ist, ist Sieger.«

»Alles klar. Möge der Schlauere gewinnen.«

Ich lege auf und gucke in den Rückspiegel. Meine Mitfahrer hängen ein bisschen schief auf der Rückbank. Die Geruchsmischung aus Magenbitter, Bier und Zwiebelsuppe, die von hinten immer wieder nach vorne wabert, ist ziemlich intensiv.

Ich atme wohl besser ab jetzt nur noch flach durch den Mund.

Kurz danach habe ich sie live am Telefon. Lillifee lässt sich wirklich herab persönlich anzurufen. Mein Herz klopft sogar schneller.

»Niko? Bist du das? Ich bin's«, ruft sie aufgeregt.

Ich bin's. Ich hasse Menschen, die sich mit »Ich bin's« melden. Jeder ist Ich.

»Nee. Das ist nicht Niko. Ich bin's«, sage ich nur und finde mich wirklich witzig.

»Äh. Wer? Wer ich? Wo ist Niko?« Zumindest klingt Lilly nicht mehr wie ein Einhorn auf Crack. Ist da etwa ein bisschen Unsicherheit zu hören?

»Niko ist gerade kurz weg. Kann ich ihm was ausrichten?« Ich schalte um auf Sekretärinnen-Style.

»Du, das wäre supi.«

Bei »supi« habe ich Angst, spontan Ohren-Herpes zu bekommen.

»Wir wollten uns eigentlich in Tours treffen.«

Das ist gelogen. Sie wollten sich in Deutschland treffen. Dann wollte sie sich in Paris treffen. Dann irgendwo an der Küste. Danach ist sie plötzlich nach Tours durchgestartet, und ich habe eine Ahnung, dass diese Tour noch nicht vorbei ist.

»Aber ich bin jetzt auf dem Weg nach Arcachon. Das muss der Hammer da sein. Riesige Dünen. Meer, Wellen, aber nicht so überlaufen. Ich starte gleich durch mit einer Frau und so einem Typen.«

»Und was ist mit der Pantomime?«, frage ich naiv.

»Hat er dir davon erzählt? Ja klar. Hat er natürlich.«

Wie eingebildet ist die? Als ob Niko 24 Stunden am Tag von ihr quatschen müsste. Als ob sie das einzige Gesprächsthema für einen angehenden Arzt wäre.

»Das macht wirklich irre viel Spaß. Aber hier sind irgendwie Spannungen in der Luft. Zwei Typen aus der Truppe hier haben Stress und nerven. Ich denke, dass ich der Grund bin. Ich kenne das schon. Das passiert mir andauernd.«

Sie kichert albern.

Egal, was auch immer um Lilly herum passiert: Es passiert nur wegen ihr. Sie ist ein einziger Fixstern, um den sich alles dreht. Ich verstehe immer noch nicht, warum Niko mehr als ein Mal mit dieser Katastrophe gesprochen hat.

»Jetzt also Arcachon?«, versichere ich mich.

»Absolutely right. Der Typ will mir da Wellenreiten beibringen. Außerdem habe ich das Gefühl, dass ich eigentlich doch ans Meer gehöre. Da ist alles so frei. So wild. Und das Licht da unten muss einzigartig sein.«

»So hell, oder?«

»Genau. Warst du auch schon mal da? Ich könnte mir vorstellen, dass das genau die richtige Location für Niko und mich ist. Du, ich muss los. See you.«

Ich schließe ganz kurz die Augen und bete inständig, dass Niko in der Sonne von Arcachon ein Licht aufgehen wird. Die Reifen rollen und rollen und geben dabei ein monotones Summen ab. Von der Rückbank kommt nur schläfrige Stille. Mein Handy klingelt genau im richtigen Moment. Ich schrecke auf und merke, dass ich wohl nur noch wenige Zentimeter von einem Sekundenschlaf entfernt war. Mein Herz rast, als ich mich melde.

»Habe ich dich erschreckt?«, fragt Niko besorgt.

»Schon gut«, sage ich. »Bin nur etwas müde.« Ich drehe schnell das Fenster runter, um mal etwas Sauerstoff rein und den Gestank von drinnen raus zu lassen.

»Hinterm Steuer?«

Er klingt wirklich besorgt. Also, um mich besorgt. Nicht um das Auto oder die restlichen Verkehrsteilnehmer. Wann war das letzte Mal jemand richtig um mich besorgt? Nicht wegen meiner Leistungen in der Schule. Nur meinetwegen? Wenn ich weiter meinen Gedanken folge, fange ich in etwa 17 Sekunden an zu heulen. Und dann sorgt Niko sich wahrscheinlich erst recht. Und zwar zurecht.

»Übrigens gut, dass du dich meldest«, sage ich schnell. »Unser Ziel hat sich nämlich mal wieder geändert.«

»Lass mich raten: Lilly kommt Frankreich plötzlich spanisch vor und sie will sich mit mir jetzt plötzlich in Italien treffen, und zwar auf einem Maskenball in Venedig.«

Ich kichere übermüdet.

»Fast. Sie will im gleißenden Sonnenlicht auf dem Rücken des Meeres das Wellenreiten erlernen, und zwar in der Bucht von Arcachon. Vielleicht nimmt sie dazu auch einen silbrig glänzenden Delfin, der sich spontan in sie verliebt hat und glückliche, fiepende Töne von sich gibt.«

»Hat sie das wirklich so gesagt?«

»Nicht ganz. Aber die Fakten stimmen.«

»Und wieso nicht mehr Tours?«

»Allein durch den Blick auf ihren bebenden formschönen Körper sind die Pantomimen in Tours in Wallungen und sich in die Haare geraten.«

»Das hat sie garantiert nicht so gesagt«, lacht Niko.

»Stimmt. Aber sie hat es so gemeint.«

»Kann es sein, dass du Lilly nicht so sehr magst?«

»Das könnte sein. Aber ich muss sie ja nicht mögen. Willst du ihr wirklich nicht deine neue Handynummer mitteilen?«

»Hatte ich eigentlich nicht vor. Dann müsste ich auch erklären, warum ich ein neues Telefon habe und wie ich trotzdem wusste, wo sie gerade ist. Außerdem: Was sie so von sich gibt, klingt aus deinem Mund irgendwie witziger.«

Trotz dieses Kompliments muss ich gähnen. Ich kann nicht anders. Niko hört das leider.

»Du bist echt hundemüde, was?«

»Mmh«, stimme ich zu.

»Und du fährst immer noch Auto?«

»Mmh.«

»Was macht die Seniorenabteilung?«

»Die schläft mittlerweile auf der Rückbank. Martha läuft dabei ein fieses Spucke-Rinnsal aus dem Mund und Karlchen schnarcht und stößt Magenbitter-Wölkchen aus.«

»Ach, du scheiße. Du fährst an der nächsten Raststätte raus, legst ein kleines Power-Napping ein, holst dir einen Red Bull und meldest dich wieder bei mir.«

So soft Niko auch wirkt, er kann auch in kurzen, klaren Anweisungen reden. Muss er ja als Arzt auch können. Da kann er auch nicht vorsichtig anfragen, ob es dem Patienten etwas ausmache, wenn er sich der Bekleidung im unteren Bereich mal kurz entledigen würde. Na gut. Außer, er entscheidet sich gegen die Lebenden. Da kann er sagen, was er will. Und ausgezogen sind die da ja eh schon.

Ich folge brav. Bei der nächsten Autobahnraststätte fahre ich raus, parke Auto samt schlafenden Insassen weit entfernt von der nächsten Laterne, hole mir drinnen eine Cola und einen Red Bull und finde hocherfreut in der ‹Gaststube› eine Steckdose, an der ich mein Telefon einstöpseln kann. Die Stromquelle ist direkt neben dem Bälleparadies und dem Kletterturm. Warum ist im ‹Kinderland› wohl Strom? Damit die ganzen Nintendos aufgeladen werden können? Egal. Ich nehme den ersten langen Schluck und rufe Niko wieder an.

»Wie bist du eigentlich wirklich auf die Idee gekommen, dich in diesem Urlaub mit dieser Chat-Bekanntschaft zu treffen?«, frage ich ihn direkt. Für Geplänkel bin ich zu müde. Ich brauche jetzt Fakten.

»Ich wollte einfach mal einen anderen Urlaub machen. In den letzten zwei Jahren war ich in den Semesterferien immer mit Reisegruppen unterwegs. Wenn ich das ein drittes Mal gemacht hätte, wäre ich zum Menschenfeind geworden.«

»So schlimm?«

»Ja. Vor zwei Jahren war ich in so einem Club in Teneriffa. Ich hatte ein halbes Doppelzimmer gebucht. Mein Zimmernachbar war der Discokönig der Anlage. Entweder er hat Party bei uns auf dem Zimmer gemacht, oder er hat im abgedunkelten Raum Kopfschmerztabletten in sich rein gestopft.«

»Und letztes Jahr?«, frage ich und versuche, ein paar der bunten Bälle auf den Kletterturm zu werfen.

»Da war ich in Tunesien. Die Anlage war wie ein Internierungslager. Mit Stacheldraht umzäunt. Uns wurde ganz dringend geraten, die Anlage nicht alleine zu verlassen. Dafür wurden jede Menge Bustouren zu sogenannten historischen Orten angeboten. Ständig wurden wir vor irgendwelchen Ruinen rausgelassen, wo sich Trauben von fliegenden Händlern auf uns stürzten wie Fliegen auf einen Kuhfladen. In dem Bus saßen Menschen, die hatten Thrombosestrümpfe und Shorts an.«

Ich kriege spontan Ekel-Gänsehaut.

»Und dieses Jahr hast du die Urlaubsplanung dann selber in die Hand genommen?«

»Na ja, so ganz selbstbestimmt fühle ich mich gerade nicht«, lacht Niko. »Aber besser als die letzten Male ist es auf jeden Fall. Oder zumindest spannender. Nur richtig bequem ist es nicht wirklich. Ich versuche gleich noch ein bisschen auf einer Bank bei einer kleinen Tankstelle zu schlafen, ehe es morgen weitergeht.«

Bei dem Satz oder auch einige Sätze später, an die ich mich nicht erinnern kann, müssen bei mir die Lichter ausgegangen sein. Als ich mühsam wieder die Augen öffne, liege ich mitten im Bälleparadies. Draußen dämmert mir gerade ein neuer Tag entgegen. Ich blicke panisch zur Steckdose und stelle erfreut fest, dass mein Telefon noch da ist. Ich stelle mir ein Frühstück zusammen und stakse mit etwas steifen Knochen raus. Martha und Karl schlafen sogar noch. Ich habe gerade meine zwei Croissants mit Kaffee runtergespült, als Martha entrüstet vor meiner Parkbank auftaucht. Sie holt tief Luft und will sich gerade offenbar beschweren, als ich sie in den Arm nehme.

»Martha, Mensch. Ihr seid ja noch verrückter, als ich dachte. Da würde ja so mancher mit 30 stöhnen und meckern. Eine Nacht auf einer Autorückbank. Nicht schlecht. Und du siehst super ausgeschlafen aus. Nur am Kinn hast du irgendwas.«

Okay. Super ausgeschlafen ist ein bisschen übertrieben. Ihre Frisur sieht aus, als hätten einige Erdmännchen Verstecken darin gespielt, ihre Augen sind blutunterlaufen. Am Kinn klebt getrocknete Spucke.

»Da hinten sind die sanitären Anlagen. Soll ich dir auch schon mal einen Kaffee und ein Croissant bestellen?«

»Sanitäre Anlagen? Soll ich mich etwa auf einem WC einer Autobahnraststätte waschen?«

Sie ist zutiefst empört.

»Es gibt da auch Duschen für Fernfahrer«, erläutere ich und bin gespannt, wie sie reagiert.

»Glaubst du wirklich, ich würde gemeinsam mit tätowierten, bärtigen Männern duschen? Das ist ja wohl eine fiese Zumutung.«

Ihre Stimme ist schrill.

»Ich denke, das sind Einzelkabinen. Den Schlüssel gibt es an der Kasse.«

Ich habe einfach gar keine Lust, mir meine gute Laune verderben zu lassen. In mir klingt der gestrige Abend noch nach. Und es klingt gut.

Karl gesellt sich zu uns. Er streckt sich, macht undefinierbare Laute dazu, gibt Martha dann einen Klaps auf den Po und meint: »Martha, das wird der aufregendste Urlaub unseres Lebens. Ich fühle mich jung und verwegen. Eine Nacht im Auto! Du bist wirklich ein Weib nach meinem Geschmack.«

Martha schluckt augenblicklich ihre Wut runter und guckt Karl mit verschwörerischem Blick an.

»Ich glaube, du kennst sehr viele Seiten an mir noch nicht«, haucht sie.

Ich gebe vor, aufs Klo zu müssen. Ich möchte nicht dabei sein, falls Martha jetzt stehenden Fußes eine ihrer verruchten Seiten zeigt. Ich glaube, zwischen meinen Eltern habe ich nie mehr als mal ein Küsschen zu sehen bekommen. Und die beiden hier sind von einer solchen Verliebtseins-Hormonwolke umgeben. Wahnsinn.

Als ich wieder zurückkomme, treffe ich eine lächelnde Martha und einen extrem gut gelaunten Karl. Er hat im Supermarkt-Bereich abgepacktes Graubrot und Schwarzwälder Schinken gekauft und schmiert sich an der Kaffeebar eine Stulle.

»Wollt ihr euch gleich noch frisch machen?«, frage ich vorsichtig und drücke fest die Daumen.

»Katzenwäsche reicht«, befindet Karl mit schwarzen Krümeln zwischen den Zähnen. »Früher haben wir auch nicht jeden Tag geduscht. Und? Hat es uns geschadet?«

Ich persönlich bin ja ein absoluter Anhänger der täglichen Rundumwäsche. Als ich allerdings feststellen muss, dass es im Duschraum nur Kabinen mit Vorhang, aber ohne Vorhängeschloss gibt, werde ich flexibel.

Außerdem müssen wir uns beeilen. Bis Arcachon sind es noch ein paar Stunden. Und ich will ja auf jeden Fall vor Niko da sein. Ich habe einfach ein bisschen Angst, dass er von Thekla-Lilly gleich wieder eingesponnen wird, wenn ich nicht dabei bin.

Unsere Abreise wird leider durch ein Telefongespräch verzögert. Arne begehrt mich zu sprechen. »Ich bin jetzt in Le Mans. Wo kann ich sie abholen?«, fragt er direkt. Die Zeit der Freundlichkeit ist vorbei. Lange schon.

»Habe ich dir eigentlich erzählt, dass Karl-Werner in Le Mans mal besondere Teile für Rennautos gebaut hat?«

»Und wenn Karl die Blinker von Schumis Ferrari mundgeblasen hat. Das ist mir egal. Ich will wissen, wo ich meine Großmutter in Empfang nehmen kann.«

»Blinker am Rennauto?«, frage ich nur und lache mich kaputt.

»Schön, dass du deine gute Laune nicht verloren hast. Also sag mir die Adresse.«

»Mit der Adresse ist es ein bisschen schwierig. Das ist hier eine Autobahn.«

Ich stehe auf dramaturgische Spannung. Und ich merke, wie sich Arnes Nerven anspannen.

»Autobahn?«

»Ja, wir haben die Stadt nämlich schon verlassen. Wir sind jetzt auf dem Weg nach Arcachon. Meine Idee war das übrigens nicht.«

Was nicht gelogen ist. Aber wenn ich jetzt Lilly ins Spiel bringe, hakt bei Arne irgendwas aus. Und das möchte ich ja auch nicht.

»Willst du mich verarschen? Das ist ganz unten im Süden. Was soll das?«

»Da hast du in Erdkunde aber gut aufgepasst.«

»Maike, bist du total übergeschnappt?«

»Nein, nicht mehr als sonst zumindest. Und ich weiß ehrlich gesagt nicht, worüber du dich aufregst. Du hast Omi in meiner Obhut gelassen. Und nicht dazugeschrieben, dass ich Haus und Hof nicht verlassen darf. Apropos geschrieben: Das nächste Mal nimm für deinen Abschiedsbrief nicht dein Briefpapier von zu Hause! Das kommt nicht gut. Da könnte man ja fast meinen, dass der Brief schon vor der Abreise zu Papier gebracht wurde. Wenn dir der Weg jetzt zu weit ist oder deine Rennmaschine schon qualmt, fahr nach Hause und mäh den Rasen. Ich bringe dir Oma zurück. Früher oder später.«

»Später könnte zu spät sein. Nächste Woche kommen meine Eltern nach Hause. Das ist ein kleines Problem.«

»Stimmt. Aber das ist dein kleines Problem.«

Dann lege ich auf und bin mit mir sehr zufrieden. Karl-Werner hat die Zwangspause genutzt, um sich ums Auto zu kümmern. Er hat die toten Fliegen von der Windschutzscheibe geflitscht und sicherheitshalber noch mal den Reifendruck und den Ölstand überprüft.

Als ich mich hinters Lenkrad setze, drehe ich den Rückspiegel schwungvoll nach oben. Ich könnte jetzt poetisch sagen, dass ich einfach nicht mehr zurückblicken will, nur noch der Zukunft lachend ins Auge sehen möchte. Das wäre ein bisschen übertrieben. Ich will einfach die Illusion haben, allein im Auto auf dem Weg nach Südfrankreich zu sein. Und das Schöne an dem Auto: Wenn man drinnen sitzt, sieht man die Außenfarbe kaum. Ich drehe die Musik auf und gebe Gas. Als ich mir eine Zigarette anstecke, meckert Martha von hinten: »Das ist ein Nichtraucherauto.«

»Jetzt nicht mehr«, brülle ich zurück. Aus einer merkwürdigen Laune heraus hatte ich mir an der Tankstelle Zigaretten und ein Feuerzeug gekauft.

Immerhin asche ich ja aus dem Fenster raus.

Ich fühle mich gut. Ich habe auch schon so viel Sonne abbekommen, dass ich einen Hauch Bräune auf meinen Armen feststelle. Ich bin auf dem Weg gen Süden, ich werde heute Abend lecker französisch essen, einen kühlen Prosecco dazu trinken. Ich werde das Liebespaar sich selbst überlassen und mir meine gute Laune nicht verderben lassen. Arne und das damit verbundene Streitgespräch ist gedanklich hunderte von Kilometern entfernt.

Denke ich.

Doch das nächste Streitgespräch beginnt bereits nach gefühlten zehn Kilometern. Martha möchte jetzt wissen, wo wir eigentlich hinfahren würden und ob da, wo wir heute Abend landen würden, wohl eine anständige Dusche sei. Außerdem sei es ihr eigentlich nicht zumutbar, die Nacht sitzend in einem stinkenden Auto zu verbringen. Ich könnte jetzt sehr viel sagen.

☹ Gestunken hat es, weil Karl-Werner irgendwann zu pupsen angefangen und jede Menge Alkohol ausgedünstet hat.

☹ Sie hat nicht sitzend geschlafen, sondern war zu später Stunde auf Karl-Werner gekippt.

☹ Was versteht Martha wohl unter einer »anständigen« Dusche? Ihr Modell zu Hause, deren mintfarbener Vorleger Brutstätte für mehrere Millionen Milben ist? Und der alleine durch die Verfilzung mit unzähligen von Haaren vor dem plötzlichen Zerfall bewahrt wird?

Ich atme tief in den Bauch, hechle die Luft nach draußen. Damit soll man Aggressionen und Wehen wegatmen können. Ich mache das bestimmt drei Mal. Ich stelle fest, dass es nichts bringt und beschließe, es nie zu Wehen kommen zu lassen. Ich schlage mir mit der Faust ein paar Mal aufs Brustbein. Lisa hat mal Yoga gemacht und mir verraten, dass das Glücksgefühle hervorrufen soll. Wahrscheinlich gilt das aber nur, wenn man Masochist ist. Ich verlege mich auf Selbstbetrug. Merle hat es nämlich mal mit Lach-Yoga versucht. Sie hat beteuert, dass das Gehirn denke, man sei fröhlich, wenn man lacht. Sie ist wochenlang kichernd durch die Wohnung gegangen. Kann ja sein, dass sie sich besser damit gefühlt hat. Alle anderen definitiv nicht.

»Ich habe gute Laune. Ich bin fröhlich«, sage ich ungefähr dreißig Mal leise zu mir selber und anschließend laut zu Martha:

»Wir fahren jetzt nach Arcachon. Das ist ganz unten an der Atlantikküste, und ich bin sicher, Karl wird für dich eine Unterkunft finden, in der du dich rundum wohl fühlst. Die trockene Wärme wird euch gut tun.«

So, jetzt hat Karl den schwarzen Peter. Soll er sich um das Wohlergehen seiner Geliebten kümmern.

»Wieso fahren wir denn jetzt doch an die Küste? Ich dachte, da ist so eine Algenpest? Sind da nicht Leute schon ins Krankenhaus gekommen?«, tönt es hysterisch von hinten.

Mist. Wenn ich mir schon am laufenden Meter blöde Lügen ausdenke, sollte ich mir wenigstens merken, was ich da so von mir gebe. Außerdem: Sind alte Leute nicht vergesslich?

»Das war im Norden. Durch den starken Sturm ist das jetzt Richtung Belgien und Holland geweht worden«, kontere ich schnell.

»Könnten wir uns nicht noch ein paar Schlösser an der Loire angucken? Die sollen doch so hübsch sein«, schlägt Martha vor.

»Oder wir fahren direkt ans Mittelmeer. Nizza oder so. Auch sehr reizvoll«, mischt Karl-Werner sich ein.

Da sieht er sich wohl gerne zwischen langbeinigen, kurzberockten Schönen sitzen.

»Wir treffen uns mit Arne in Arcachon«, beende ich mit entschlossenem Tonfall die Diskussion.

»Wenn Arne da ist, heißt das, dass man da gut surfen kann. Das heißt auch, dass es da extrem windig ist und Karl hat doch so empfindliche Ohren. Außerdem wollten wir doch Arne auf gar keinen Fall treffen, oder? Fliehen wir nicht vor meinem Enkel?«

Warum ist sie so schlagfertig? Muss sie mich mit meinen eigenen Argumenten konfrontieren?

»Arne reist extra dahin, um sich mit dir dort zu treffen.«

Irgendwie stimmt das ja.

»Wieso müssen wir da runter fahren? Können wir uns nicht irgendwo anders treffen? Das kostet doch nur Zeit«, mault Martha weiter.

Das ganze Leben kostet Zeit.

Wenn man es so will, kann man direkt nach der Geburt gleich im Krankenhaus bleiben, weil die Wahrscheinlichkeit sehr hoch ist, dass man irgendwann im Krankenhaus wieder den Löffel abgibt. Ich persönlich finde es spannender, die Zeit dazwischen kurzweilig zu füllen.

Und plötzlich habe ich die Idee.

»Arne möchte sich da mit dir treffen, weil er endlich mal mit dir Urlaub machen will. Ein paar Tage nur. Mehr will er doch gar nicht.«

»Er hätte die ganzen letzten Jahre mit mir Urlaub machen können. Aber er hat es ja vorgezogen, mich in der Gesellschaft seiner Gespielinnen zurückzulassen.«

»Meinst du denn wirklich, er hat nicht gemerkt, dass du eigentlich keine Lust auf einen Urlaub mit deinem Enkel hast? Dass er nicht der richtige Ansprechpartner für dich sein konnte? So doof ist er ja nun auch nicht.«

Ich habe beiläufig den Rückspiegel wieder verstellt und beobachte Marthas Mimik. Ich kann förmlich sehen, wie die Worte in ihr keimen.

»Hätte *er* denn gerne seinen Urlaub mit mir verbracht?«, fragt sie nach wenigen Minuten.

Jetzt muss ich ganz vorsichtig sein. Nur nicht zu dick auftragen. Die richtige Dosis macht es.

»Er hat mir zumindest mal sehr nachdenklich erzählt, dass er eigentlich kaum etwas von dir weiß. Auch von seinem Opa nicht, übrigens.«

»Natürlich nicht. Der feine Herr war ja mehr im Wirtshaus als zu Hause. Ich war ja quasi alleinerziehend. Was soll ich über den erzählen?«

Ups.

»Ein Problem für Arne war natürlich auch, dass er sich mit seinem Budget keinen tollen Urlaub leisten konnte. Er wäre schon gerne mal mit dir in den Süden geflogen. Aber ein teures Hotel ist bei ihm nicht drin. Und mit ihm im Zelt zu schlafen, wollte er dir natürlich auch nicht zumuten.«

Ich stelle mir vor, wie Arne und Martha in ihren Mumienschlafsäcken in Arnes Mini-Zelt auf zwei Luftmatratzen liegen.

»Aber wieso hat er das nie gesagt? Ich habe doch genug Geld. Ich hätte doch für ihn bezahlt. Wenn ich das nur geahnt hätte«, seufzt Martha. »Was hätten wir für wunderschöne Urlaube gemeinsam erleben können.«

»Er hat sich nicht getraut. Er hatte immer das Gefühl, dass du in ihm nur das intelligenzfreie Muskelpaket siehst. Dabei habe ich mit ihm auch schon sehr gute Gespräche über Politik und die Weltwirtschaft geführt.«

Ich muss mich bemühen, nicht zu grinsen.

Wenn Arne über Politik gesprochen hat, dann nur über den Sexappeal von Angela Merkel, die sexuellen Vorlieben von Herrn Seehofer und die modische Unzumutbarkeit von Claudia Roth. Wenn es um die Weltwirtschaft ging, dann um die verschiedenen Möglichkeiten, wie man mit wenig – dafür aber globalem – Einsatz viel Geld verdienen kann.

»Diese Seite hat er mir nie gezeigt.«

Martha wirkt jetzt richtig traurig. Ich schwenke sofort um.

»Aber dann habt ihr doch jetzt die Möglichkeit, neue Weichen zu stellen. Du kannst mit Arne in den nächsten Ferien auf die Balearen fliegen oder die Kanaren. Ihr könnt vielleicht eine Tour rund um Korsika machen. So abenteuerhungrig wie du bist, könntet ihr euch ein Wohnmobil mieten und von der Küste direkt in die Berge durchstarten. Es gibt so viele schöne Plätze auf der Welt. Wenn man mal die Klimakrise ignoriert, könntet ihr auch eine Kreuzfahrt machen.«

»Und was ist mit mir? Bin ich auch mit von der Partie?«, mischt Karl sich jetzt plötzlich ein.

»Du hast mich doch das ganze Jahr«, fährt Martha ihm über den Mund. An der Seite ihres braungebrannten Enkels am Strand von Ibiza Sangria zu schlürfen, gefällt ihr besser, als mit Karl-Werner irgendwo Seniorenteller leeren zu müssen, ehe die Aqua-Gymnastik anfängt.

»Wenn du mich in diesem Arcachon an Arne übergeben hast, kannst du dann den Karl wieder mit zurück nehmen? Er steigt sicherlich nicht zu Arne ins Auto. Dann müsstest du halt doch noch mal einen kleinen Umweg über den Schwarzwald machen. Aber du hast ja noch Ferien, oder?«

Ich schlucke. Ihr Beischläfer soll zu meinem Beifahrer werden.

»Ehrlich gesagt habe ich auch eine Verabredung vor Ort«, wende ich ein.

»Ich komme schon zurecht. Macht euch um mich keine Sorgen«, sagt Karl-Werner mit belegter Stimme. Er klingt, als wisse er noch nicht, ob er eher in die nächste Kneipe oder zur Altersabteilung der Fremdenlegion gehen wolle.

»Zumindest bis zu einem größeren Bahnhof bringt die Maike dich«, äußert Martha gnädig.

Ich freue mich so. Ich freue mich so sehr auf Arnes Gesicht, wenn Oma ihm mitteilt, dass sie die nächsten zehn Semesterferien an seiner Seite an den schönsten Orten der Welt verbringen will. Ich bin sicher, das ist der ultimative Kick für Arnes Studium. Mit diesen Aussichten wird er unter der Regelstudienzeit bleiben und behaupten, dass er in den ersten fünf Berufsjahren keinerlei Urlaub nehmen dürfe. Eigentlich sollte er mir dankbar sein. Ich bin mir nicht ganz sicher, ob er das auch so sieht.

Mitten in meine Vorfreude hinein klingelt mein Telefon. Ein völlig verwirrter Niko ist dran.

»Ich bin gerade aus einer schlechten Daily Soap geflüchtet. Auf RTL 2 hieße die: Abiturientinnen auf Abwegen.«

»Das klingt für mich wie ein schlechter Soft-Porno.«

»Hast du da Erfahrungen?«

»Eher nicht. Ich schäme mich schon, wenn ich im Zoo poppende Tiere sehe.«

Niko lacht laut.

»Peinlich, was? Ich war neulich mit meinem Neffen im Affenhaus. Erkläre einem Siebenjährigen mal Onanie.«

»Ich glaube, das muss man gar nicht erklären«, kichere ich.

»Das habe ich dann auch gemerkt«, antwortet er trocken.

»Und was war jetzt mit den Abiturientinnen?« Ein bisschen neugierig bin ich ja doch.

»Ich bin einfach leichtsinnig in ein Auto mit drei 19-Jährigen gestiegen, die ihre Reifeprüfung mit einer Reise nach Spanien feiern wollen.«

»War ‹Reifeprüfung› nicht auch mal der Titel eines Pornos?«

»Keine Ahnung. Auf jeden Fall haben die drei Mädels ununterbrochen gequatscht. Die haben bestimmt eine halbe Stunde darüber geredet, ob es besser ist, einen Push-up zu tragen oder sich die Brust vergrößern zu lassen.«

»Und?«

»Als ich ausgestiegen bin, gab es noch keine gemeinsame Entscheidung. Eine aus dem Trio hat behauptet, dass es doch total peinlich sei, wenn man vorher noch ein C-Körbchen gehabt habe und im Nahkampf dann nur noch einen A-Korb vorweisen könne.«

»Und?« Die Frage hat mich auch schon immer interessiert. Darf man mit ein bisschen mehr einsteigen, um ein klein wenig Selbstmarketing zu betreiben? Oder sollte Frau auf »klein, aber fein« setzen?

»Ehrlich? Das merkt kein Typ! Never. Der ist im Falle des Nahkampfs von der nackten Tatsache beeindruckt. Und im Zweifelsfall denkt er, dass seine Hand geschrumpft ist, die Frau überraschend abgenommen hat oder einfach Gravitation im Spiel ist.«

»Warum hast du das dem Trio nicht gesagt? Die hätten doch an einer männlichen Meinung interessiert sein müssen.«

»Ich war froh, dass die irgendwann vergessen haben, dass ich noch da bin.«

»Und wieso bist du dann ausgestiegen?«

»Die sind von den Push-ups irgendwie übergangslos auf Männer in Radlerhosen gekommen. Da könnte man ja auch sofort sehen, was einen erwarten würde. Dann ging es um die Frage, ob es wohl auch vergrößernde Inlays für Radhosen gebe. Als die drei mich dann interessiert angesehen haben, habe ich beschlossen, mir eine andere Mitfahrgelegenheit zu suchen.«

»Soll ich jetzt etwa Mitleid haben?«, frage ich lachend.

»Die haben mich zu einem Sex-Objekt degradiert«, tut er beleidigt.

»Du hättest einfach dieses tolle Gedicht von Lillys Freund nochmal vortragen müssen, um deine inneren Werte ins Rampenlicht zu rücken. Wo bist du eigentlich?«

»Sag ich dir doch nicht.«

»Anders gefragt: Wie lange brauchst du noch bis zur Düne?«

»Kommt drauf an, wann ich hier den nächsten Anschluss bekomme.«

»Hatten wir eigentlich schon über die Siegprämie gesprochen? Was bekommt derjenige, der zuerst bei Lilly ist?«

Ich höre, wie Niko zweimal ansetzt, um zu antworten. Doch dann kommt nur: »Ich denk mir was aus.«

Ich lege auf und gestehe mir endlich, dass Niko der eigentliche Grund ist, warum ich diesen Urlaub überhaupt fortsetze, warum ich fortfahre.

Wie wäre dieser Urlaub wohl gewesen, wenn Niko nicht trampend auf dem Parkplatz gestanden hätte? Definitiv langweiliger. Ich stelle mir vor, Arne hätte wirklich mit mir Urlaub im Schwarzwald machen wollen. Allein bei der Erinnerung an die Schlümpfe kriege ich eine Gänsehaut.

Als das Telefon klingelt, steht ‹Lisa› auf dem Display. Sie wartet gar nicht, bis ich mich gemeldet habe, sondern schießt gleich los.

»Hilf mir, liebste Maike, hilf mir. Ich muss untertauchen. Kann ich deine Wohnung haben, bis du wieder da bist?«

Sie klingt wirklich verzweifelt.

»Sind in deiner Wohnung Läuse oder Giftspinnen?«

»Schlimmer. Vor meiner Wohnung steht Klaus.«

»Und vor dem hast du mehr Angst als vor haarigen, großen Spinnen? Dann muss der Typ aussehen wie eine Mischung aus Karl Dall und Lady Gaga«, lache ich.

»Das ist nicht lustig. Kann ich jetzt deine Wohnung haben?«, jammert sie zurück.

»Sag mir erst, wer Klaus ist.«

»Klaus war Animateur in diesem Club auf Korfu.«

»Und zu was hat er dich so animiert?«

Ich registriere, dass auf der Rückbank das Gespräch erstirbt. Offenbar ist es spannender, mir zuzuhören.

»Frag nicht so blöd. Es war halt der letzte Abend und da habe ich mich hinreißen lassen.«

»Letzter Abend? Resteficken also«, stelle ich kichernd fest.

Von hinten höre ich ein zweistimmiges »Wie bitte?«

»Maike, sag solche Wörter nicht. Ich wollte mich über das Ende des Urlaubs ein bisschen hinwegtrösten. Ich dachte, diese Animateure haben alle paar Tage was mit einer willigen Urlauberin. Ich kann doch nicht ahnen, dass mich dieser Typ wirklich besucht. Ich habe jetzt überhaupt keinen Bock auf den. So gut war der auch gar nicht. Der hat jetzt schon zweimal geklingelt, es dreimal auf dem Handy probiert und da ich offenbar nicht zu Hause bin, wartet er nun unten vor der Tür auf meine baldige Rückkehr.«

»Du hast ihm also deine Adresse gegeben?«

»Natürlich nicht. Nur meine Handynummer. Die Adresse hat er sich offenbar über das Hotel geholt. Ich weiß gar nicht, ob die das dürfen, wegen Datenschutz und so.«

»Beendest du jeden deiner Urlaube mit so einer Trostnummer? Das wusste ich gar nicht. Andere kaufen sich ein Andenken oder nehmen eine Muschel vom Strand mit«, kichere ich.

»Maike, wenn mich nicht alles täuscht, surfst gerade du in Liebesangelegenheiten momentan auch nicht auf einer Erfolgswelle. Und: Nein. Ich beende nicht alle meine Urlaube so«, giftet sie zurück.

»Wenn du wirklich meine Wohnung haben willst, solltest du vielleicht ein bisschen netter zu mir sein«, sage ich mit einem übertrieben strengen Unterton. »Wie sieht dieser Klaus denn aus?«

»Er hat so einen Toter-Igel-Bart.«

»Was?«

»So ganz viele Haare rund um den Mund. Wie ein toter Igel von unten.«

Ich habe da schon andere Bezeichnungen gehört, aber die kann ich mit Rücksicht auf die lauschende Rückbank natürlich nicht sagen.

»Und sonst?«

»Braun gebrannt, riesige Drachentätowierung auf dem Rücken, blonde Strähne. Und er kommt aus Sachsen.«

»Ach du Scheiße«, lache ich. »Das ist ein Argument. Den Schlüssel hat wie immer die Omi aus dem Blumenladen«, erkläre ich Lisa. »Wie willst du denn dahin kommen, wenn Klaus vor deiner Wohnung lauert und ein freudiges Wiedersehen feiern will?«

»Ich rufe ihn jetzt auf dem Handy an und verabrede mich in der Stadt mit ihm. In der Zeit kann ich dann kurzfristig bei dir einziehen.«

Während der letzten Worte hat mein Telefon angefangen zu summen. Ich starre es panisch an. Das hat es noch nie gemacht. Wenn das jetzt plötzlich den Geist aufgibt, bin ich aufgeschmissen. Doch auf dem Display steht nur »eingehender Anruf«. Wahnsinn. So etwas hatte ich noch nie.

»Ich muss auflegen. Viel Glück bei der Flucht.«

Direkt nachdem Lisa aus der Leitung ist, höre ich Merle.

»He Süße. Alles gut? Du wirst es nicht glauben, ich habe *die* Idee.«

»Hattest du die nicht vor ein paar Tagen schon?«

»Das dachte ich. Aber ich war da nur auf dem Weg dahin.«

»Und was ist die allerneueste der neuen Ideen?«

»Childbook ist schon gut, aber ich werde es vor allem nutzen, um meine Musik da zu platzieren. Ich habe nämlich eine Wahnsinnsidee für einen ganz geilen neuen Song. Du kennst doch dieses kitschige Kaffeelied mit dem Ich-mag-Sonne-in-Luft-Gefasel oder so. Das schreibe ich um à la: Ich hasse auf der Milch die Haut und wenn Mama böse schaut. Aber natürlich nicht so soft. Sondern richtig rockig. Fast ein bisschen punkig. Was meinst du?«

Ich grinse. Ich könnte jetzt sagen, was ich wollte: Ich könnte Merles Begeisterung nicht um ein My mindern.

»Klingt nicht schlecht. Wie wäre noch: Ich hasse es, ins Bett zu gehen und morgens auch das Frühaufstehen?«

»Gar nicht so doof«, lobt sie mich.

»Oder auch: Ich hasse es, wenn Papa böse schaut und Mama wieder klaut.«

Merle gluckst.

»Ich glaube nicht, dass ich die Zeile übernehme. Ach ja, was ich dich eigentlich fragen wollte: Ich möchte so schnell wie möglich ins Studio, um den Song aufzunehmen. Hinterher kommt mir noch jemand vorher auf die Idee. In Köln gibt's ein gutes Studio. Ich kann doch in deiner Bude schlafen, oder?«

»Merle, in den vergangenen 120 Jahren ist kein Mensch auf diese Idee für den Song gekommen. Ich denke, du kannst dir etwas Zeit lassen. Außerdem ist mein Appartement gerade besetzt. Lisa zieht da gerade ein.«

»Die hat doch ein eigenes WG-Zimmer in Köln. Warum muss die bei dir wohnen?«

»Die muss kurzfristig untertauchen.«

»Kann ich dann nicht in ihrem Zimmer pennen?«, fragt Merle.

»Wie findest du Tote-Igel-Bärte?«

»Wie bitte?«

»Schon gut. Ich frage Lisa und meld mich bei dir.«

Ich habe kaum aufgelegt, da legt sich Karls Pranke schwer auf meine Schulter.

»Könntest du gleich mal anhalten?«

»Pinkelpause? Kein Problem. Ich muss auch mal.« Doch die Herrschaften müssen nicht urinieren. Sie nehmen mich in eine Art Kreuzverhör.

Warum ich Personen kennen würde, die plötzlich untertauchen müssten. Wem und zu welchen Zwecken ich meine Wohnung überlasse. Ob ich mich politisch engagiere und mein Studium nur eine Tarnung sei. Und wofür das Codewort »Toter Igel« stehe. Ich starre sie an. Offenbar glauben sie plötzlich, ich sei eine Mischung aus al-Qaida und RAF. Quasi Rafida. Ich bemühe mich, nicht laut zu lachen und zu sagen, dass ich als Terroristin sicherlich nicht mit einem orangenen Escort durchs Land fahren würde. Am Ende fühlt Martha sich noch beleidigt. Ich schlage vor, dass wir mal kurz was trinken und ich ihnen das alles erkläre. Martha zerrt Karl-Werner ein paar Meter von mir weg und flüstert laut hörbar: »Ist das gut, wenn die weiter fährt? Vielleicht ist es ja sogar sicherer. Dann kann sie keinen Quatsch machen. Jetzt, wo wir sie enttarnt haben, sprengt die sich womöglich gleich mit uns in die Luft. Das ist bestimmt so ein Ehe-Kodex: Sobald sie enttarnt sind, müssen sie Harakiri machen.«

Ich verkneife mir zu sagen, dass das ein ‹Ehren›-Kodex ist. Aber eigentlich sollte man den in der Ehe ja auch haben. Von daher hat sie also nicht unrecht.

Karl flüstert zurück: »Ich fahre. Du setzt dich neben sie, beobachtest sie und hältst sie in Schach.«

Ich frage mich, womit Martha das wohl tun will. Was passiert, wenn ich eine hektische Bewegung mache? Sprüht sie mir dann Tosca in die Augen? Was genau gucken die beiden eigentlich im Fernsehen?

»Gut, wir suchen uns ein Restaurant. Ich fahre. Du setzt dich hinten hin und machst keinen Unsinn«, befiehlt Karl mir und startet das Auto.

»Keinen Unsinn«, bestätige ich. Und in Gedanken füge ich hinzu: Keinen Sprengstoffgürtel. Keine Handgranate. Kein kleines Massaker. Menno.

Wir nehmen die nächste Abfahrt, landen in einer kleinen, netten Stadt und Karl schafft in einem Kreisverkehr drei Runden, ehe er eine Ausfahrt trifft.

Als wir endlich vor einem Bistro sitzen und ich einen halbstündigen Monolog gehalten habe, starren mich beide an. Dann haben sie jede Menge Fragen:

- ☹ Warum meine Schwester nicht einen vernünftigen Beruf erlernt hat?
- ☹ Warum meine Freundin sich mit einem Fremden einlässt, den sie offenbar nach kürzester Zeit nicht mehr attraktiv findet? Und ob sie ein Kondom benutzt hat.
- ☹ Wie ich so leichtfertig sein kann, meinen Haustürschlüssel einer mir eher fremden Omi anzuvertrauen.
- ☹ Wie dieser arme Klaus denn wohl wieder nach Hause kommt und wo der überhaupt schlafen soll.
- ☹ Ob diese Freundin wirklich der richtige Umgang für mich ist.

Ich versuche alle Fragen nach bestem Wissen und Gewissen zu beantworten:

- ☹ Keine Ahnung.
- ☹ Keine Ahnung.
- ☹ Keine Ahnung.
- ☹ Keine Ahnung.
- ☺ Auf jeden Fall.

Immerhin. Eine Stunde später sind die beiden so weit, mir zu glauben. Wenn ich auch den Eindruck habe, dass sie mich seitdem ansehen wie eine Vertreterin einer seltenen Spezies, die eigentlich nicht wirklich überlebensfähig ist. Ich kenne diesen Blick. Meine Mutter hat mich früher oft so angesehen. Und mein Mathelehrer. Direkt nach dem Abitur hat er mich so angeschaut und gefragt: »Maike, was wollen *Sie* denn jetzt eigentlich machen?«

Es klang nach: Gibt es wohl irgendeinen Beruf auf dieser Welt, den man talent- und ehrgeizfrei ausüben kann und dafür sogar noch bezahlt wird?

Ein völlig verzweifelter Niko meldet sich. Ganz kurz frage ich mich, ob er jetzt wohl auch in meine Wohnung ziehen möchte und wie ich dann ganz schnell Lisa wieder loswerde. Niko hat allerdings ein anderes Problem. Er kommt nicht von der Stelle. Niemand will ihn mitnehmen. Er ist fast so weit, seinen drei Abiturientinnen nachzutrauern. Immerhin nur fast.

»Das ist einfach ein ungleiches Rennen. Du hast ein Auto. Ich habe keins. So habe ich keine Chance«, beschwert er sich.

»Verlangst du jetzt von mir, dass ich das Auto hier zurücklasse und auch trampe? Mit Omi und Opi im Schlepptau habe ich da allerdings ziemlich schlechte Karten, oder? Ehrlich gesagt habe ich die letzten Stunden damit verbracht, die beiden davon zu überzeugen, dass ich kein heimliches Enkelkind von Ulrike Meinhof und Andreas Baader bin. Das hat nicht nur Zeit, sondern auch Nerven gekostet.«

»Du als die Verkörperung des Bösen? Süße Vorstellung. Du solltest auf gar keinen Fall das Fluchtauto fahren«, lacht er. Ich muss gegen meinen Willen mitlachen.

»Wo seid ihr denn gerade?«, will Niko wissen.

»Irgendwo in der Nähe von La Rochelle«, gebe ich Auskunft.

Er stöhnt auf.

»Dann hast du einen Riesenvorsprung. Das ist nicht fair. Du musst mindestens ein paar Stunden aussetzen.«

»Was soll denn ein Rennen, wenn alle gleich schnell sind? Ist das Kommunistensport, oder was?«

»Was soll denn ein Rennen, wenn der Gegner noch nicht im Stadion ist?«

»Okay, okay. Wir machen jetzt Sightseeing oder so was.«

Ich teile Martha und Karl mit, dass wir uns eine kleine Auszeit nehmen würden. Die beiden haben mittlerweile je zwei Cognac getrunken und sind ganz handzahm. So sollte Karl wirklich nicht hinters Steuer. Weil ich auch mal eine Auszeit von dem Duo brauche, verabreden wir uns fürs Abendessen wieder in dem kleinen Bistro. Ich tauche in der Stadt ab, schlendere durch Gassen, genieße die französische Sprache um mich herum. In der Altstadt finde ich ein kleines Café mit einer hervorragenden Auswahl an Illustrierten *und* einer Steckdose neben einem kleinen Sofa. Ich stöpsel unauffällig mein Handy ein und tauche ein in die Bilderwelt von Angelina Jolie und Co. Zwei Café Crème und ein Eis später geht es mir saugut. Das Leben flaniert draußen vorbei, die Sonne scheint durch das offene Fenster auf meine Beine und ich höre grinsend zu, wie das Leben an Niko vorbeirauscht und seine Beine zwischen Abgaswolken verschwinden. Er steht noch immer an einer Autobahntankstelle und beschreibt mir seit einer halben Stunde, wer ihn alles nicht mitnimmt.

»Das ist wirklich menschenverachtend«, beschwert er sich. »Die meisten tun so, als würden sie mich gar nicht sehen. Andere wühlen plötzlich im Handschuhfach, damit sie mich nicht angucken müssen. Ich fühle mich wie ausgesetzt und ausgestoßen. Wenn ich irgendwann selber mal ein Auto besitze, nehme ich jeden Tramper mit. Das schwöre ich. Diese permanente Ablehnung kratzt an meinem Selbstwertgefühl.«

Ich bin fast kurz davor, wieder gen Norden zu fahren, um ihn abzuholen.

Plötzlich stößt er ein »JA. JA!« aus.

»Was ist los? Wo hast du deine Hände?«

»Eine Frau hat gehalten. Sie hat den Rückwärtsgang eingelegt.«

»Wie alt?«

»Jung. So wie du. Eine Deutsche. Mit der kann ich sogar reden.«

Das hört sich nicht gut an. Ich will irgendwie nicht, dass Niko bei einer jungen deutschen Frau einsteigt und durch Frankreich juckelt.

»Gib sie mir mal.«

»Warum?«

»Ich werde ihr versichern, dass du harmlos bist.«

»Ich bin nicht harmlos.«

»Natürlich nicht. Du bist ein wilder Tiger. Jetzt gib sie mir mal.«

Nachdem die Fahrerin Niko hat einsteigen lassen, frage ich sie höflich, ob sie meinen Verlobten wohl mitnehmen könne. Sie brauche sich wirklich nicht zu fürchten. Mein Verlobter würde niemals übergriffig werden.

Ich lüge ja nicht für mich. Ich lüge ja für sie. Nicht, dass sie sich Hoffnungen macht und dann enttäuscht wird.

Als ich am frühen Abend im Bistro ankomme, sind meine Mitreisenden schon da. Sie sehen zerknirscht aus. Wenige Minuten später weiß ich, warum. Karl-Werner wollte sich am Nachmittag noch mal kurz ums Auto kümmern. Das heißt bei ihm: Die Fenster putzen, den Ölstand und den Reifendruck überprüfen. Er hat das seit Beginn unserer Reise schon gefühlte 15 Mal gemacht. Heute hat er es allerdings ein bisschen zu gut gemeint. Er hat den rechten Vorderreifen zum Platzen gebracht. Ich bin auch kurz davor.

»Und jetzt?«, frage ich wütend. »Soll ich jetzt den Reifen wechseln, oder wie? Das habe ich noch nie gemacht.«

»Das wird nicht nötig sein, Maike-Maus. Und auch nicht möglich. Das Auto hat kein Reserverad«, sagt Martha leise.

Wieso rufe ich jetzt nicht Niko an und sage ihm, wo er und seine Fahrerin mich aufgreifen können?

»Wir haben schon ein Zimmer in einem kleinen Hotel reserviert. Wir bleiben einfach eine Nacht hier, lassen morgen einen neuen Reifen montieren und schwups, schon geht es weiter«, beruhigt mich Martha.

»Ein Zimmer?«

»Die haben bestimmt auch noch ein hübsches Einzelzimmer für dich. Das übernimmt der Karl-Werner natürlich. Vielleicht kann er das ja bei der Haftpflichtversicherung einreichen.«

Ob sich der Karl damit mal nicht übernimmt, frage ich mich, als ich das kleine Hotel sehe. Da werden die bei der Versicherung lange zu lachen haben. Es glänzt viel Gold, die Teppiche sind schwer, das Personal ist sehr beflissen. Das wird teuer. Ich beschließe, den unerwarteten Luxus auszukosten, bestelle mir ein Club-Sandwich und einen Prosecco aufs Zimmer und steige danach in die Wanne mit der alten Armatur. Herrlich. Martha und ich hatten Karl am Abend noch mal zum Auto geschickt, um die nötigsten fünf Taschen zu holen, die wir für die eine Übernachtung brauchen. Nach dem Schaumbad ziehe ich ein frisches T-Shirt und meine Pyjamahose an, wickele mich in einen flauschigen Bademantel und fühle mich richtig wohlig.

Morgen werde ich Niko treffen.

Morgen werde ich Martha und Karl an Arne übergeben.

Lilly wird ihr wahres Gesicht zeigen.

Es wird so aufregend.

Das wird es allerdings schon vorher. Eine ziemlich aufgeregte Merle meldet sich.

»Maike, hier ist was total faul. Deine Freundin Lisa spinnt. Ich stehe hier mit so einem Typen vor ihrer Wohnung. Sie hatte ihm wohl gesagt, dass er sie ruhig mal besuchen könne und jetzt hat sie ihn versetzt.

Sie hat ihn vorhin telefonisch in die City bestellt, ist dann aber nicht erschienen und zu Hause ist sie auch nicht.«

Ich habe so eine Ahnung, wer dieser Typ ist.

»Merle, was machst du bitte bei Lisa?«

»Ich habe ganz spontan eine Mitfahrgelegenheit nach Köln bekommen, und weil ich dachte, dass Lisa wahrscheinlich so schnell nicht zu dir umgesiedelt wäre, bin ich zu ihrer Wohnung gefahren. Und kaum habe ich auf ihren Klingelknopf gedrückt, spricht mich dieser Klaus an. Warte mal kurz.«

Ich höre wie sie so etwas wie »Komme gleich wieder« sagt, dann ein paar Schritte und eine sehr leise Merle.

»Dieser Typ ist total nett, ich weiß gar nicht, warum Lisa den versetzt hat. Der sucht nur eine Unterkunft für ein oder zwei Nächte. Und weißt du, was der Hammer ist? Der ist Musiker. Der hatte wohl irgend so einen Scheiß-Animateur-Job, den er jetzt geschmissen hat und jetzt will der sich hier als Studio-Musiker bewerben. Witzig, was? Vielleicht kann ich mit dem das Kids-Projekt machen. Das ist ein Wink des Schicksals. Das Gemeine ist nur, dass er bei Lisa auf der Couch pennen wollte und die ihn hier sitzen lässt. Der weiß jetzt gar nicht, wo er hin soll.«

»Und wie findest du den Bart, den dieser Typ trägt?«

»Woher weißt du das? Egal. Das sieht topcool aus. Auf jeden Fall sehr kreativ. Egal. Ich finde das kacke von Lisa. Ich fahre jetzt mit dem Typen in deine Wohnung. Mal sehen, was Lisa sagt.«

Als ich genug Luft geholt habe, um Merle zu sagen, dass sie das besser auf gar keinen Fall tun soll, hat sie schon aufgelegt. Ich wähle sofort Lisas Nummer und fühle mich wie in einem Paralleluniversum. Lisa muss sofort in ein anderes Versteck flüchten. Auf jeden Fall darf sie nicht aufmachen. Ich erreiche sie natürlich nicht. Als endlich ihre Mailbox anspringt, sage ich nur: »Achtung. Der Adler ist im Horst. Der Fuchs ist im Bau. Melde dich.«

Ich muss schon losprusten, ehe ich aufgelegt habe. Schnell wähle ich Nikos Nummer. Wenn wir hier aufgrund technischer Probleme ausfallen, darf er auch nicht weiterfahren. Er meldet sich verpennt.

»Schläfst du?«

»Nicht mehr.«

»Wo bist du?«

»In der hintersten Ecke eines viertklassigen Autobahn-Etablissements. Ich hatte es gerade geschafft, sitzend einzuschlafen.«

»Wo ist deine Chauffeuse?«

»Ich hoffe, weit weg.«

»Was genau ist passiert? Ist sie noch schlechter gefahren als ich?«

»Sie ist genauso schlecht gefahren, hatte dabei aber eine Hand auf meinem Knie.«

»Wie bitte? Die hat dich angemacht? So eine Frechheit.«

»Wieso ist das frech? Du tust so, als sei das Verführung Minderjähriger.«

»Das ist frech, weil ich dieser Schnepfe gesagt hatte, dass du mein Verlobter bist«, gebe ich zu.

»Wir sind verlobt? Das wusste ich gar nicht. Wann genau hast du mir einen Antrag gemacht? Und vor allem: Was habe ich darauf geantwortet?«, lacht er.

»Ich habe das gesagt, damit sie die Finger von dir lässt.«

»Das hat nicht ganz geklappt. Aber danke trotzdem.«

»Was ist passiert, nachdem sie dein Knie getätschelt hat?«

»Sie hat irgendwann zum Tanken gehalten und ich bin abgehauen.«

»Du bist weggelaufen?«

»Das musste ich aus Selbstschutz. Die hatte keine Fingernägel, die hatte Krallen. Ich habe mir kurz vorgestellt, was sie damit auf meinem Körper anstellen könnte.«

»Du bist ein sehr mutiger Kerl, Charlie Brown«, lache ich.

»Wo bist du überhaupt und was ist das für eine Nummer?«

»Karl-Werner hat die Strapazierfähigkeit unserer Reifen getestet. Wir wissen jetzt, dass nicht unendlich viel Luft in so einen Schlauch geht. Wir müssen warten, bis wir morgen einen neuen Reifen kaufen können. Und deswegen liege ich in einem herrlich weichen Hotelbett, nippe an meinem Glas und telefoniere auf Karls Kosten. Ich werde sehr ausgeruht morgen auf die letzte Etappe gehen.«

Das erweist sich als Irrtum. Direkt nachdem Niko und ich uns eine gute Nacht gewünscht haben, meldet sich Lisa.

»Maike. Es schellt bei dir. Irgendjemand schellt bei dir Sturm. Wer kann das denn sein um die Uhrzeit? Und was sollte das mit dem Adler? Ich habe das gerade erst abgehört.«

Sie klingt richtig ängstlich.

»Mach ruhig auf. Das sind Merle und Klaus. Meine Schwester und dein Animateur.«

»Klaus? Was wollen die hier? Woher weiß der, dass ich hier bin?«

»Von Merle. Die hat deinen abgelegten Lover vor deiner Haustür gefunden und offenbar adoptiert. Sie findet den Bart übrigens ganz kreativ.«

»Ich mache nicht auf. Ich tue so, als sei ich nicht da.«

»Sie wissen, dass du da bist. Außerdem ist Klaus nicht so liebestoll und hoffnungslos verliebt in dich, wie du gerne glauben möchtest. Er will nur für zwei oder drei Nächte bei dir pennen.«

»Er hat gar nicht meinetwegen seinen Job geschmissen?«

Sie klingt fast ein bisschen enttäuscht. Die Vorstellung, dass ein Typ nach einer einzigen Nacht mit ihr sein altes Leben wegwirft, hat ihr offenbar doch gefallen.

»Vielleicht hast du zumindest dazu beigetragen, dass ihm aufgefallen ist, dass sein Job scheiße ist.«

Sie holt tief Luft, ich höre es im Hintergrund wieder klingeln. Ich habe eine sehr laute Klingel.

»Jetzt mach endlich auf. Die wecken sonst das ganze Haus. Sag Merle, dass sie und dieser Klaus bei mir wohnen können. Allerdings nur, wenn sie keinerlei Veränderungen vornimmt. Ich möchte keine neue Farbe an den Wänden und die Möbel sollen an ihrem Platz bleiben. Dann kannst du auch wieder in deine Wohnung.«

Als ich mich endlich in meine XXL-Bettdecke gekuschelt habe, bin ich wieder hellwach. Ich denke an Niko und wie er jetzt auf einem siffigen Plastikstuhl in einer schwummrigen Autobahnpinte hockt. Sein Kopf liegt wahrscheinlich direkt neben einer verklebten Maggiflasche auf der fettigen Tischplatte. Wahrscheinlich kommt irgendwann eine dicke Frau mit verwaschenem Kittel und Nylon-Kniestrümpfen und wischt mit einem drei Wochen alten Lappen um ihn herum. Das Bild macht mich irgendwie traurig. Vielleicht sitzen ein paar Typen aus der Umgebung am Daddelautomaten und machen Lärm. Dazwischen zischt ab und zu die große Kaffeemaschine. Ich wälze mich unter der Decke. Ich falle erst in einen unruhigen Schlaf, nachdem ich mich an den Tisch in meinem Zimmer gesetzt und meinen Kopf neben einer Blume abgelegt habe.

Karl zahlt mürrisch. Das Hotel, den Zimmerservice, die Telefonrechnung und den Reifen. Wobei Reifen und Telefonrechnung erstaunlicherweise fast gleich teuer sind. Als wir gegen zehn Uhr startklar sind, melde ich mich bei Niko.

»Wir fahren jetzt weiter. Wie sieht es bei dir aus? War die Nacht sehr schlimm?«

»Gar nicht«, lacht er. »Nachdem du mich gestern Abend geweckt hast, habe ich da noch einen Brummifahrer angesprochen. Ein super netter Holländer. Der nimmt mich jetzt mit und ich durfte sogar bei ihm mit in der Kabine pennen. Du glaubst nicht, wie bequem die sind. Der hatte da einen Kühlschrank, einen Fernseher und sogar eine vernünftige Decke für mich. Wir haben gerade gut gefrühstückt und sind gleich on the road.«

Ich nicke nur. Wie blöd bin ich eigentlich? Dafür tut mir jetzt mein Nacken total weh? Ich werfe dem kuscheligen Bett einen wehmütigen Blick zu.

»Alles klar. Ich simse Lilly gleich an und frage, wo wir uns treffen. See You Later, Alligator«, antworte ich.

Niko prustet los.

»Das ist ja total 50er Jahre. Sagst du auch Sachen wie: Stück mal ein Rück?«

Ich verabschiede mich ohne Antwort. Meine Laune hat es tatsächlich innerhalb von Sekunden geschafft, noch eine Etage unterhalb des Kellers zu finden.

Die Frage ist natürlich jetzt: Wie bekomme ich Lilly dazu, mir zu sagen, wo sie genau ist? Wenn ich jetzt von Nikos Handy simse, wird sie mir gleich antworten, dass sie nun doch auf dem Weg nach Spanien sei oder ein Schiff Richtung Afrika gekapert hat. Ich versuche, mich in diese Lilly hineinzuversetzen. Ich bin ein aufgedrehtes, affektiertes Girlie, das sich erstens für unwiderstehlich hält und zweitens eine große Karriere als Schauspielerin machen will. Die studiert doch nicht Filmwissenschaften, um hinter der Kamera zu stehen. Never. Worauf würde ich an ihrer Stelle abfahren? Die Antwort liegt auf der Hand. Ich schnappe mir mein Handy, die Nummer kennt sie ja nicht, und schreibe: »Hey, bist du *die* Lilly? Habe viel von dir gehört. Wir suchen ein interessantes, neues Gesicht für unsere neue Produktion. Hab gehört, du bist in Südfrankreich. Wo kann ich dich treffen? CU Jack.«

Es klingelt keine drei Minuten später. Mist. Ich hatte gehofft, sie würde per SMS antworten. Ich reiche das Handy an Karl.

»Karl, geh bitte ran. Du sagst: Baby, ich habe keine Zeit. Schreib mir, wo ich dich sehe. Dann legst du sofort auf. Kannst du dir das merken? Bitte. Es ist wichtig.«

Karl-Werner ist gerne wichtig. Er ist ein Mann. Er nimmt das Telefon und sagt mit tiefer Stimme seinen Text. Dazu macht er ein Gesicht wie ein finsterer Mafioso. Vielleicht sollte lieber Karl Schauspiel studieren. Der hat richtig Talent. Direkt danach macht es Pling: »Bin at the beach at Arcachon Bar Rosalino. CU«

At the beach. Die ist echt so affig.

Ich leite die SMS an Niko weiter und gebe Gas. Mir fällt ein Witz ein, den mein Vater seit zwanzig Jahren gerne erzählt: Ein Jockey wird gefragt, warum er als Letzter ins Ziel gekommen ist. Er antwortet: Ich musste ja beim Pferd bleiben. So fühle ich mich mit dem Escort. Mühsam frisst er Kilometer um Kilometer. Mir fällt ein, dass ich ja auch noch Arne über den neuen Treffpunkt informieren muss. Ich schreibe ihm nur kurz, dass er Oma samt Karl an der Bar Rosalino in Arcachon übernehmen kann. Und dann kann ich es mir nicht verkneifen. Ich schicke eine Nachricht hinterher: »Sie freut sich übrigens schon darauf, die nächsten Urlaube mit dir zu verbringen. Sie zahlt auch.«

Er antwortet prompt. Mit einem wütenden Anruf.

»Maike, was ist das wieder für ein Mist?«, keift er in den Hörer.

»Ich weiß, es ist dir unangenehm. Aber ich musste Martha einfach erzählen, wie sehr du darunter gelitten hast, so wenig Zeit mit ihr zu verbringen. Und dass du gerne der Enkel gewesen wärst, den sie sich so gewünscht hat. Sie möchte die wenige Zeit, die ihr noch bleibt, sinnvoll nutzen.«

»Wie bitte? Was redest du da?«

Martha nimmt mir von hinten das Telefon weg.

»Arne? Du musst dich nicht schämen. Alles wird gut. Ich wusste ja nicht, was in dir vorgeht. Ich habe mich so in dir getäuscht. Aber wir werden alles aufholen. Ich verspreche es dir.«

Dann reicht sie mir wieder den Hörer. Ich muss mir auf die Lippe beißen und die Beine zusammenkneifen, um nicht laut zu lachen und mir gleichzeitig in die Hose zu pieseln.

Arnes Stimme ist ganz ruhig.

»Maike? Sag, dass das nicht wahr ist.«

Und da habe ich die Idee des Jahres.

»Ich rufe dich gleich zurück.«

Ich gebe ein dringendes Pinkelbedürfnis vor und rufe vom Klo aus Niko an. Geduldig hört er zu, während ich ihm meinen Plan erkläre. Als ich atemlos fertig bin, sagt er erst nichts, dann nur: »Ich will es aber sehen.«

»Natürlich kannst du es sehen. Das wird der Hammer.«

»Ich habe gesagt, dass ich dich sehen will.«

Jetzt ist es an mir, erst mal nichts zu sagen.

»Ich denke, das wird sich einrichten lassen«, antworte ich und spüre, wie sich die Röte über meine Wangen bis zur Stirn hoch arbeitet.

Danach melde ich mich bei Arne.

»Es gibt eine Möglichkeit, dass du die nächsten Urlaube doch omalos verbringst. Damit ich Martha allerdings die unschöne Wahrheit sage, musst du eine winzige Kleinigkeit für mich und damit dich tun.«

»Ich würde sehr viel dafür tun, ohne Martha zum Surfen zu fahren«, antwortet er grimmig.

Ich beginne, Arne meine Forderungen zu diktieren. Zehn Sekunden danach höre ich noch immer nichts von ihm.

»Und dafür sagst du Martha, dass ich nicht mit ihr die nächsten Urlaube verbringen werde? Auch nicht, wenn sie alles zahlt?«, bringt er schließlich hervor.

»Versprochen. Das ist der Deal.«

Wieder im Auto schauen mich Martha und Karl-Werner ernst an.

»Mit wem habe ich da eigentlich gerade gesprochen? Vielleicht mit deiner Komplizin?«, will Karl-Werner wissen. Jetzt gibt es kein Zurück mehr. Ich muss den beiden einfach alles erklären. Ich mache den Motor wieder aus, drehe mich zur Rückbank um und beginne. Während ich von Paris und dem Bahnhof, dieser Gauklertruppe, den eifersüchtigen Typen und dem neuen Ziel Arcachon erzähle, wird mir klar, dass diese Lilly wahrscheinlich auch bei der ‹Reise nach Jerusalem› einfach die Richtung ändern würde. Martha und Karl-Werner begleiten meine Erklärungen mit ungläubigen Blicken und schüttelnden Köpfen.

Wir sind schon einige Kilometer gefahren, als ich mich endlich traue, vollends reinen Tisch zu machen. Ich mache die Musik aus.

»Martha, ich muss mit dir reden.«

»Ich höre.«

»Ich habe dich angelogen. Es stimmt nicht, dass Arne sich sooo sehr nach Urlaub mit dir sehnt.«

»Nein?«

»Nein. Ich habe das nur erfunden, damit wir weiter nach Arcachon fahren, weil ich da unbedingt hin muss.«

»Hat das vielleicht etwas mit einem gewissen Niko zu tun?«

Ich drehe mich abrupt um.

»Guck nach vorne«, brüllt Karl.

Hinter mir höre ich es kichern.

»Maike, glaubst du im Ernst, ich hätte dir das abgenommen? Diese Kitsch-Nummer, dass mein armer Enkel sich vor Sehnsucht nach Großmütterchen fast in den Schlaf weint? Dass er darunter leidet, nur ein Muskelpaket zu sein? Das war echt ein bisschen dick aufgetragen von dir.«

»Du hast mir das nicht geglaubt?«

»Nicht ein Wort. Aber es hat Spaß gemacht, Arne gerade einen hübschen Schrecken einzujagen«, lacht sie wieder. »Bei der Vorstellung, mit mir auf einem Kreuzfahrtschiff Karten spielen zu müssen, hat der doch bestimmt Albträume bekommen.«

Es ist heiß, als wir vor der Rosalino-Bar parken. Mein T-Shirt klebt an meinem Rücken. Ich suche den Strand ab, gehe ein paar Schritte Richtung Wasser und sehe sie. Sie spielt offenbar Halle Berry in diesem alten James Bond-Streifen. Immer wieder taucht sie im Meer unter und dann wieder auf. Mit lasziven Bewegungen streicht sie sich das Wasser aus den dünnen Haaren, schiebt die Schultern nach hinten und die Brust nach vorne. Wahrscheinlich will sie diese Szene gleich dem Film-Jack vorspielen. Ich schlendere zurück zum Auto und hebe einen Daumen. »Sie ist da.«

Ich habe den Wagen gerade abgeschlossen, als ein Riesen-Truck neben mir hält.

Niko öffnet die Tür, wirft seinen Rucksack raus und springt mir vor die Füße.

»Erster«, sage ich nur.

»Du meinst, du bist die Nummer eins?«, lacht er und nimmt mich stürmisch in den Arm. Direkt danach stehen wir etwas verlegen und etwas zu nah voreinander.

»Deine Lilly spielt da hinten Bondgirl.«

Ich zeige auf den Strand.

»Du solltest dich ein bisschen entstellen, damit sie dich nicht erkennt.«

»Ich habe schon was besorgt«, grinst er und holt aus seinem Rucksack einen Cowboyhut und eine riesige Sonnenbrille heraus.

»Perfekt. Damit werden noch nicht mal deine Eltern dich erkennen.«

Oma, Karl, Niko und ich lassen uns im Schatten der Bar nieder und warten auf unsere Hauptperson.

Ich höre ihn schon von Weitem. Diesen Auspuffsound habe ich zu oft erleiden müssen. Arne sieht mürrisch aus, als er aussteigt. Er schlendert auf uns zu, würdigt mich keines Blickes, sondern geht direkt auf seine Großmutter zu.

»Da ist ja die Ausreißerin«, sagt er, lässt sich auf einen Stuhl fallen und streckt seine Beine aus.

»Das war der aufregendste Urlaub meines Lebens. Maike war bis jetzt wirklich die Beste von allen«, schwärmt Oma ihm vor. Arne sieht zu mir und verdreht die Augen.

»Okay. Wo ist sie?«

Ich zeige auf Lilly, die immer noch in den Wellen ab- und wieder auftaucht.

»Gut. Dann bringe ich es mal hinter mich.«

Er steht wieder auf, reckt sich, schiebt sich die Sonnenbrille lässig in die Haare, geht in aller Seelenruhe Richtung Wellen, bleibt dann einfach stehen und guckt aufs Wasser. Als sie in seine Richtung guckt, winkt er sie nur cool heran.

Sie taucht noch mal unter, wirft beim Auftauchen die Haare nach hinten und schreitet auf Arne zu. Ich starre sie an. Die müsste auf jeden Fall mal Laufsteg-Training bei Heidi machen. Die stelzt wie ein Storch. Als sie endlich bei Arne angekommen ist, haucht sie nur ein »Hi«.

»Hey. Ich bin Niko«, sagt Arne. »Wir waren verabredet.«

Lilly fällt alles aus dem Gesicht. Sie starrt mit offenem Mund. Irgendwann schafft sie ein »Du bist Niko?«

»Ich bin Niko«, wiederholt Arne langsam.

»Du siehst ganz anders aus«, stellt Lilly richtig fest.

»Ich nehme seit einiger Zeit das Foto eines Freundes, der nicht ganz so gut aussieht wie ich, für Internetbekanntschaften. Ich möchte einfach nicht mehr auf mein Äußeres reduziert und nur wegen meines Körpers geliebt werden«, sagt Arne dramatisch. Ich merke, er hat seine Rolle begriffen.

»Schön, dass wir uns jetzt endlich sehen«, stammelt Lilly, die ganz offenbar von diesem Körper ganz angetan ist. Wieder wirft sie ihre Haare nach hinten.

»Ich wollte dir nur kurz Adieu sagen. Ich muss fahren. Mein Urlaub ist vorbei. Schönes Leben noch«, sagt Arne wieder, lässt den Blick kurz wehmütig übers Meer schweifen, schaut dann Lilly tief in die Augen und dreht sich um. Ich bin kurz davor zu klatschen.

Lilly bleibt einfach regungslos stehen und tropft in den Sand. Sie kann es offenbar nicht fassen, was für eine dumme Kuh sie gewesen ist. Sie registriert gar nicht, dass eine ältere Dame und ein älterer Herr aufstehen und hinter Arne hergehen.

Als ich mit Martha, Karl und Arne an dessen Wagen ankomme, kann ich nicht anders. Ich nehme erst Martha, dann sogar Karl-Werner in den Arm.

»Kindchen, was machst du denn nächsten Sommer? Schon was vor?«, lacht Martha mich an.

»Nochmal schaffe ich das nicht«, stöhne ich lachend.

»Vorher müsste sie auch noch ein paar Fahrstunden nehmen«, mischt Karl-Werner sich ein.

Martha pufft ihn in die Seite.

»Wer ist denn mal von der Polizei angehalten worden, weil er zu langsam gefahren ist?«

»Können wir jetzt endlich?«, drängelt Arne.

Karl-Werner legt Arne seine Pranke auf die Schulter.

»Ich fahre nur mit dir mit, weil ich auf meine Martha aufpassen muss. Es wäre besser, wenn das im Ort niemand erfährt.«

Arne nickt ernst.

Weil sein Auto natürlich über mehr Türen als der Escort verfügt, können Martha und Karl-Werner normal hinten einsteigen und müssen sich ausnahmsweise mal nicht nach hinten schlängeln. Sie winken noch, als der Wagen ganz weit weg ist. Arne hat mir zum Abschied nur kurz zugenickt. Ich habe mir ein Grinsen verkniffen. Ich kann plötzlich ganz großherzig sein.

Danach suchen Niko und ich uns einen Platz am Strand, der weit von Lilly weg ist. Wir reden nicht viel.

Zwei Tage später sage ich ihm leise, dass ich nach Hause will. Dieser Urlaub hat mich echt geschafft.

»Zu dir oder zu mir?«, lacht er sanft.

»Wo wir zuerst vorbei kommen«, antworte ich ihm.

Ich muss irgendwann eingeschlafen sein. Als ich wieder wach werde, sind wir schon in Deutschland. Im Autoradio wird gerade ein neuer Song angekündigt, der über Nacht im Internet bekannt wurde. Als ich Merles Stimme höre, bin ich hellwach: »Ich mag keine Milch mit Haut und wenn Mama böse schaut.«

Ich schüttele nur den Kopf und ergänze in Gedanken: »Ich mag Niko, wenn er lacht, und ich freu mich auf heut' Nacht.«

Ende

Der Kirschbuch Verlag ist ein frischer und unkonventioneller Verlag, der bereits für einiges Aufsehen gesorgt hat. Warum? Weil wir mittels unserer smarten Software LiSA jedes Manuskript prüfen, jedem Autor und jeder Autorin innerhalb von 48 Stunden ein Feedback geben und jedem Buch somit die Chance eröffnen, entdeckt und geliebt zu werden.

Dir hat dieses Buch gefallen und du willst exklusive Insights zu diesem Buch erhalten? Dann besuche uns auf

www.kirschbuecher.de/maike

oder folge einfach diesem QR-Code:

Insights zu den smarten Analysen von LiSA gibt es hier:

www.qualifiction.de

Für alle, die selber schreiben und unsere Software LiSA am eigenen Text gerne einmal ausprobieren wollen:

lisa.qualifiction.de

Hast du Fragen, Wünsche oder möchtest du eine Rezension schreiben? Wir freuen uns über deine Nachricht und antworten auf jede Mail an:

maike@kirschbuch.de